在天边

风中岁月

经典文库编委会◎编

河海大學出版社
HOHAI UNIVERSITY PRESS
·南京·

图书在版编目（CIP）数据

在天边．风中岁月 / 经典文库编委会编．-- 南京 ：
河海大学出版社，2020.1
（二十一世纪中国作家经典文库）
ISBN 978-7-5630-5971-3

Ⅰ．①在… Ⅱ．①经… Ⅲ．①散文集－中国－当代
Ⅳ．① I267

中国版本图书馆 CIP 数据核字（2019）第 096753 号

丛 书 名 / 二十一世纪中国作家经典文库
书　　名 / 在天边——风中岁月
书　　号 / ISBN 978-7-5630-5971-3
责任编辑 / 毛积孝
特约编辑 / 李　路　韩玉龙
特约校对 / 王春兰
封面设计 / 仙　境
版式设计 / 刘昌凤
出版发行 / 河海大学出版社
地　　址 / 南京市西康路 1 号（邮编：210098）
电　　话 /（025）83722833（营销部）
　　　　 /（025）83737852（总编室）
经　　销 / 全国新华书店
印　　刷 / 三河市元兴印务有限公司
开　　本 / 880 毫米 ×1230 毫米　1/32
印　　张 / 7
字　　数 / 115 千字
版　　次 / 2020 年 1 月第 1 版
印　　次 / 2020 年 1 月第 1 次印刷
定　　价 / 59.80 元

目录

Contents

生命的留声机

罗伟

我的记忆力差极了，且不说我忆不起十年二十年前的事，且不说我记不住路号、地点和时间，且不说我想不起自己曾经说过的话、做过的事，单单是一两分钟之前发生过什么，我都难以想起。我的记忆力几乎达到了一种病态的程度，可是，我还未衰老啊。阿尔茨海默病应当不会在我三十岁这个年纪就袭而侵之吧？

然而，有些东西，尽管我记不住，但未曾在我的记忆里消失过。只不过，它藏在了一个深深的记忆的匣里，被妥善地保管着。当有一天，它被某样东西触碰时，那个紧闭的口子便会悄然轻启，里面的东西便会轰然而出，冲击你的情感之阀。

比如说，我存着一本旧相册，它记录着我的过往。当我不经意间翻阅那陈旧的相册时，往事便会翩然而出，我就会被飞出来的人生与情感记忆感慨得唏嘘万千。比如说，我珍藏着学生时代友人送我的一张小贺卡、一封书信，平时不看倒罢，只要有一天，翻抽屉触碰到它们，曾经的记忆又会让人情不自禁了。又比如说，我存着学生们送给我的一张张小贺卡。有一天，你去看看它们吧，那些稚嫩的字迹，会把你柔软的心击倒，粉碎，让你的记忆与情感都沉浸在那样的碎片当中，不能自拔。

于是，我知道，尽管我的记忆渐渐退化，但是，我的情感仍在，我的心仍在。我的人生与情感都被记载于那些相片、贺卡与书信里去了。不仅如此，它们还留存于天地自然之中。

有一天去往郊外，清风、泥味、草香扑面而来，忽见简陋的砖瓦房成排立于眼前。于是，平时无论如何都想不起来的二十多年前的往事倏地在我脑海里闪过，那样清晰，那样真切。我看见了我儿时的房子——坐落于山脚之下，矮小，简陋，黑暗；我看见了许多个晚上，点着一盏灯，母亲在一旁微笑着看我做功课；我看见了母亲在屋后山脚下辟了一片土地种菜，那萝卜、红薯、南瓜大得喜人；我看见了我和哥哥爬山、捕蝴蝶；我听见母亲在山脚喊，回来吃饭了……记忆与情感冲破那扇门，让人泪眼蒙眬。

那一天，红日浑圆，紫霞漫天。我坐到台阶上，要在夕阳隐去之前欣赏黄昏。可是，一坐定，我的脑子里便突然记起了什么。多少年前的一个傍晚，也是这样的红日，也是这样的晚霞，我一人坐于校园的台阶上，捧着刚刚收到的那枚画有大大的心的贺卡。人已寥寥，我就那样坐着，与夕阳为伴，与红霞交心，直至夜晚来临。那样的心境、那样的情感，轻易回忆不起来，却因了一抹斜阳，什么都想起来了。于是，心便会被夕阳浸湿，柔柔地疼。

记忆还会保存在雨里。少年不识愁滋味的心情全都交付雨中，不论是晨雨、夜雨、微雨，还是大雨，一听便有一个故事，一听便有一份心情。记得有一次，同学们去春游，我托故不去，他们温暖幸福，我却寒冷落寞地骑着自行车在雨中飞驰回家，雨把我的衣裳淋得湿透了，我的心也被淋得湿透了。有一次，下着滂沱大雨，我衣裳单薄，却非要在雨中独自漫步。结果，一回宿舍立即生病。老师得知，以为我没有衣服穿，便把她的毛衣送给我，可是我死活不穿，她一次次地尝试着温暖我，我却一次次地辜负她。

那个不知愁的年月里，我错过了许多应当珍惜的东西。可是，当我想回时却回不去了，想抓也抓不住了。这时才明白，那些东西，真的在我的生命里消失了。

童年和少年的记忆全部被我的疾病抹去，只有那些固执的情感被保存在身边的物与景致之中。当那样的景与物再现，记忆便会再现。于是，年少时的那些友人、亲人、师长，关爱过你的人，以及你喜欢过的人，都会向你走来，让你温情，让你心疼。

原来，上帝给我们每人都预留了一部留声机。一屋一瓦，一花一草，一云一雨，都是我们生命的留声机。它承载着我们的过往，记录着我们的情感，保存着我们的人生。

我想，当我们老去的时候，或许可以这样：闲坐台阶看风景，静坐门前赏晚霞，呆坐窗前听风雨。于是，一辈子就这样被你重新捡拾起来了。你的生命里那些重要的人、重要的事、重要的情会再次莅临你的生命。你会感觉到，因了他们，你的人生才会变得充实，才会变得诗情画意。因此，你才明白，你的生命因了他们，才获得存在的意义。

而我们年轻的时候，需要做的是什么呢？好好珍重你要珍重的人与情吧。这样，到了老的时候，留声机才不至于淌出忧伤的《e小调大提琴协奏曲》、悲壮的《悲怆交响曲》，而是流淌出如水的《夜曲》、如华的《月光》。

是的，那是月光如水的声音，是月光如水的情。那是人生如歌的行板。

这声音，这唱片，是你所珍重的人留给你的，是他们送给你的人生礼物。他们想让你在生命最重要的时刻能借此回忆你充实、温情而又华美的一生。

捡脚印

罗伟

我们在世间行走的时候，总是把目光朝着远处的方向，总认为美好的东西一定就在前方。于是，步履便匆忙起来，心也跟着匆忙起来。我们马不停蹄地赶往前面一个又一个站点，却把身后一处又一处风景远远地抛却，不再张望。

然而，当我们的旅程行将结束的时候，才发现，我们已无力行走。远方无穷尽，而人生却有穷时，我们匆忙的步履和喧嚣的心不得不停歇下来。于是，我们才得以回头望望曾经走过的蜿蜒、漫漫的小路。那一个又一个深深浅浅的脚印在你我视野蒙眬处隐约闪现。

于是，你看到了你的过往；看到了你的童年、少年、青年、中年；你看到了你生命中已去而如今却重现的人；你看到了年幼的无知、青春的无畏和中年的无奈……

于是，你回想，你曾经辜负过谁，爱过谁，在意过谁，谁曾经在意过你，眷恋过你，你曾经犯下了哪些荒唐与幼稚的事，你的一生究竟有多少分量……

于是，我们便获得了属于自己的喜怒哀乐。我们会因自己人生的厚重而喜，会因曾经的荒唐与幼稚而叹，会因曾经的“不在意”与“错过”而怅惘……

才明白，人的一生，占据最大分量的是一个又一个你熟悉的、抹不去的人与情；我们会知道，自己错过或拥有过多少珍贵的东西。我们也知道，曾经的你是否太注重物与利，以至于忽略了最值得珍惜的人与情。然而，不论如何，那一切都已成为过往。

于是，我想，与其把人生当成一个行走的过程，不如把它当成一个捡脚印的过程。有人说，人在死的时候，他的魂要把生前留下的每一个脚印都重新捡起来。为了做这件事，他要把生平走过的路再走一遍，车中、船中、桥上、路上、街头、巷尾，脚印永远不灭。纵然桥已坍了，船已沉了，路已翻修了，河岸已变成水坝，他的脚印仍会一个一个浮上来。

然而，何必等到离开人世后才去做这件事呢？我们为何不在尘世间完成这项任务呢？一路行走，一路捡拾，一路歌唱。如此，你便不会只顾前方的风景，而忽略了身旁的人与事，你便会小心翼翼地走好每一个足迹，让你的足印显得清晰可辨，显得更厚重。于是，你的足音便如空谷回音，浑厚、清脆而邈远，你的人生也因此厚重了起来。

如今，虽未老去，我却要筹划捡脚印这档子事了。我得准备一个大大的箩筛，一路捡来一路筛。一筛筛清斑斑尘渍，二筛筛空幽幽黑暗，三筛筛除条条影子，只留下尘世里的一路花香。到最后，把它们放在我私人的角落里，芬芳四溢。当我走不动的那一天，我便会把它们重新取出来，捧于手心。于是，童年的梦想、少年的花雨、青年的人生、中年的厚重，全都呈现在我的手心。那一个个深深浅浅、大大小小、轻轻重重的足印被我串联起来，缀成一条长而馥郁的花环。

当我们老了，头发白了，睡意昏沉的时候，我们可以在炉火旁打打盹，取下这串足印，挂于我们的胸前，或捧于我们的手心，慢慢嗅，慢慢想。我们可以想他或她眼神的柔和，可以想他或她昔日的身影，可以想他或她给我们留下的数不尽的绵绵情致。于是，我们的一生便在芬芳中悄然落幕……

青春就是疯狂地奔跑

罗伟

我借用职教学校的教室给学生上课，学生还未来，我便整理一下课桌椅。每走到一个座位旁，便发现桌子上、抽屉里都写着、刻着一些字。有留号码的，有骂人的，有玩幽默的，有练书法的……

最触动心弦的是这群孩子的一些青春“情语”。十六七岁的孩子，正处于这个阶段：青春萌动，感情充沛，如火似阳。他们会经历人生的第一场悸动，第一场疼痛，第一场感动……所以，他们便留下了这些情感满满的文字。

这些“青春絮语”中，有宣泄他们情绪的，比如：“你真的让我反感。你根本不明白，当一个女孩为你迈出这一步的时候，需要付出多大的代价，需要付出多大的勇气……你真的太无耻了，不配做人……这一切都是你应得的报应。”省略号里的内容是一些看不清的字，或是被涂抹掉的短语。我想，留下这些文字的那个女孩一定经历了什么疼痛，什么苦涩吧？或者是她替她的好朋友鸣不平？

有留下爱情“哲理”的：“两个人在一起，更多的不是改变对方，而是接受对方。这就是包容。如果只想着改变对方，那不是生活，是战争。”我知道，这个少年一定是从哪本青春小说、哪份报刊，或是哪个爱情网站看来的，因为一定有许许多多的少男少女都迷恋过那样的文字。青春的，酸涩的，唯美的，忧伤的……

他们没有经历太多生活，没有经历太多深刻的爱恋，所以他们不会有这样深刻的人生感悟，不会有这样深刻的哲思。他们会故作忧伤，故作深沉，会用自己的方式去表达情怀，表达自己的青春。

这样的年纪多么让人怀念，多么让人迷恋，又多么让人心酸。那是百味杂陈的滋味。那样的年纪，谁不会轻易地迷恋上一个人呢，谁不会经历人生的第一次呢，谁不会受伤呢，谁不会品尝甜甜的美好呢？

那样的年华，我们曾经恋过，曾经“爱”过，曾经伤过。不论其他人用何种眼光看我们，不论其他人用何种方式阻挠我们，我们都义无反顾，我们都勇往直前。我们曾经山盟海誓，我们曾经海枯石烂，我们曾经天荒地老，我们曾经至死不渝……我们朝思暮想，我们相思成灾，我们执子之手，我们花前月下……一切的一切，都那么绚烂多姿。

然而，青春固然美好，疼痛也依然相随。我们不明白“爱”的本质，我们会遭遇“移情别恋”，会遭遇“朝三暮四”，会遭遇“生死决斗”，会遭遇“初恋”“失恋”……此后，我们便会傻傻地不相信“爱情”，傻傻地不相信每一个人，傻傻地伤害包括自己在内的身边的每一个人……

我们用我们的生命经历着我们的青春，用我们的生命经历着我们的疼痛，为我们的青春付出昂贵的代价。可是，我们依然无怨无悔。

然而，过了那段青春，过了那段往事，我们才会迎来我们真正的“爱”，才懂得真正的生活，才品出真正的人生。

可是，这个时候，我们已经成熟了，已经不再求生求死了，不再伤筋动骨了，也不再青春烂漫了……

青春，就在我们的成熟中老去。

那年少时的风花雪月，年少时的花前月下，年少时的你侬我侬，已经被我们埋进青春的坟墓，成为永远的印记与符号了。

青春就是疯狂地奔跑，然后华丽地跌倒。

我想，没有哪一句比这更能描述那朦胧、青涩而又斑斓的青春了吧。

青春未央，韶华易逝

罗伟

那一年毕业前夕，校园里一片欢腾，而我却悄悄地从人群里走了出来，去往学校后面的一座大山。

山高丛深，并无明显的山路。丛里满是荆棘，不断地刺破我的肌肤。我顾不上这些，只是一味地向上攀登。不知过了多长时间，我来到一处大大的斜坡上，坡上既无树木，也无花草，只是一块近乎斜面的石山坡。虽然很陡，但我无畏地奔跑至斜坡的顶点。回过身来，又沿着这面斜坡奔跑而下。坡陡且长，稍有不慎便会摔倒滚落下去。可是，我并没有在意这些，只知道一定要冲下这长长的陡坡，只有这样，内心堵塞的情绪才得以宣泄。

于是，我一边疯狂呼喊，一边脚不停歇地往下冲。身旁掠过风，脚下飞过石，转瞬间，我便冲至斜坡的底端。内心的情绪便在这样的兴奋中得以宣泄。回头望望坡顶，兴奋之情未灭，未曾多想，便又立即冲向坡顶。那时的我，心里已无他物，只有这眼前的一片山石。由坡底至坡顶，自坡顶又向坡底，往返数次，来回奔跑，来回呐喊。终于跑得累了，喊得疲了，便坐在坡顶，汗如雨下。望向山脚，望向山下不远的学校，望向学校里依稀可辨的人影，泪也和着汗潸然而下。

在那样的宣泄过后，在那样的静默中，种种过往浮现于我的眼前。那个长长的不见踪影的青春，在我的孤独中渐渐远去。那些年，我几乎不与别人打交道，有人群的地方少去，有活动的地方少去，那个长长而华丽的青春，被我封在一条长长的黑暗隧道里，从来没有获得过光亮。于是，我几乎没有朋友。一颗跳动的心就那样被封在了黑暗里，错过了它最美好的年华。

蓦地，宣泄完毕的情绪再次被激发出来，化作清泪夺眶而出。朦胧中，我看着自己的过往，看着曾经的同学们，他们是那样明媚，那样温暖。他们不止一次地尝试着把我从深渊里拉出来，可是，我却那样拒绝，就这样与他们错过了。当我意识到这些的时候，我才知道，岁月已晚，韶华已逝，我回不去了。我想握住他们的手，想抚摸一下他们的脸庞，想与他们唱一首歌。可是，一切如水如烟，消散得没有半分痕迹。

天渐渐黑了下来，风吹草动，我知道，我得下去了。一如来时，我疯狂地沿坡而下。天色已不明朗，丛林渐黑，下山已不似上山时那般容易。许多次，我都找不到脚下可踏之石。于是，便玩命似的跳跃。我顾不上脚下是否有可落之处，顾不上是否有蛇虫袭击我。在那样近乎舍命的跳跃式下山中，我总算无恙地下至山脚。回头望望沉沉的天，幽幽的山，我不禁悚然。

从山顶至山脚，从大山至校园，当重新回到同学们身边时，我感受到了生命前所未有的温暖。见到一个同学，我突然上前，兴奋地与他相拥。他吓了一跳，推开我，说："怎么了，今天这么反常？身上还带着划痕？"

我淡然一笑，说："没事，挺好。"

是的，挺好。自山顶而至山坡，自山坡而又山脚，我独自去了只有我一人的"青春场"。在那样的疯狂奔跑中，在那样的寂静中，在那样危险的跳跃中，我体会到了生命的美好，明白了韶华的珍贵。我知道，我已经错过一幕青春剧，不能再错过下一处韶华，我得用另一种方式走好我剩余的青春。

也就在那一天，我明白了，人生，青春，都需要一种孤独的奔跑，需要一种孤独的宣泄。只有这样，才能找到自己最需要的生命，找到最美丽的年华。

总有一些青春，青涩，美好，易逝。它们是我们人生中最美的年华。不论欢快还是忧伤，不论美丽还是痛苦，我们都不妨勇敢地去面对一次，经历一次，奔跑一次。我们可能会摔倒，可能会犯错，可能会忧伤，可能会近乎绝望。但是，就是这些遗憾与悲伤组成了我们青春中斑斓的色彩；也正因为这些，我们的人生才能完整，才能绚烂。

青春未央，韶华易逝。总有些青春的色彩，如远水孤烟，不许我们轻易错过。

二胡

罗伟

傍晚回家，经过一条长长的巷子，二胡的咿咿呀呀声从在一间不起眼的店里传出，二胡想必是老旧了的，拉二胡的人的技艺也不纯熟，曲声不着调，节拍也不在点上。但是，二胡与生俱来的悲凉的调子却并未消逝，它从那个暗淡的店里传出来，断断续续地飘在这个长而狭窄的小巷里，俨然是这个巷子的游魂。

我不知道拉琴的是一个什么样的人——也并不想知道，只是很自然地觉得，一定是一个朴素而艰辛的老者。他一定想通过二胡传达给我们一些他的沧桑、他的故事。在每一个如血的黄昏，在那样一间昏暗的屋子里，他通过二胡与每一个过路人一遍又一遍地诉说着他的人生、他的悲欢。

我想，二胡一定是一把有灵魂的乐器。简单的琴筒，纤细的琴杆，寻常的两根弦，便凑成了一把乐器。拉二胡的人只需要随意地把琴置于腿上，腰杆挺直，手如拈花，琴声便袅娜而出了。但是，就是那样简单的乐器，看似轻巧的演奏，却拉出了柔情似水、哀婉绵长的情致。华彦钧双目失明后，走上街头开始卖艺。在喧嚣的街头，他闭上双眼，用琴声感受他的生命，诉说他的沧桑与厚重。在那样的街头，他用一把二胡传达自己宁静似水的坦荡心灵，传达他平静的外表下那暴烈、炽热的灵魂。《二泉映月》《听松》《寒春风曲》……在无数个街头拉弦的日子中，他用琴声感悟生命，超越生死，实现人生的涅槃。

第一次听《赛马》时，曾久久立于演奏者身旁，不愿离去。平生第一次为音乐所震撼，为音乐里透出的那股强烈的生命气势所震撼。那是原野上纵情驰骋的骏马，是荡涤无尘的灵魂宣泄与奔腾，是生命的叩问和追逐。从未想过，一把看似哀哀切切的二胡，竟能传达出如此恢宏热烈的生命之音；也从未想过，一首乐曲竟能如此透彻地传达生命之音和生之所向。我痴痴地想，如果我的文字也能如二胡一般，演绎到如此极致该多好；如果我的人生也能如二胡一般，演绎到如此极致，那么，此生便该了无遗憾。

才明白，二胡，绝不是悲凉之器，而是生命之音。它凝聚着人生的厚重与沧桑。它用貌不惊人的外表，用深沉哀婉的腔调传达出了自己的人生。它可以悲，可以叹，可以哀，可以婉，但是，它绝不堕，绝不沉，绝不消极，绝不自弃。与二胡形合神离者，只取其哀而丢其魂；与二胡互为知己者，则悲而壮，哀而扬。那是悲壮不屈的《二泉映月》，是洗练荡涤的《赛马》。

于是，为自己不能有一把二胡而叹，为自己不会演奏二胡而悲。许多次，心有凄凄之时，独自坐于夜色中，多么希望手中能握一把二胡——在那无人的夜色里，独自拉二胡，独自倾听，独自叩问。就这样，在与二胡的对话中，荡涤尘世里的一切浮躁、喧嚣与悲凉，找到生命的欢愉和坚强，找到生命的本真与快慰。我想，只有历经黑夜之人，只有历经沧桑之人，才能真正读懂二胡，才能真正演绎二胡之音，才能真正演绎二胡之魂。

三十年前的月亮早已沉了下去，三十年前的故事还没完。二胡咿咿呀呀地拉着，在万盏灯火的夜晚，拉过来又拉过去，说不尽的故事——不问也罢！

冬日种菜

罗伟

那个时候，母亲身子仍健朗，屋后有一大片荒地，母亲便垦了荒，撒种子下去。一年四季都是可以种菜的。这与我从书中得来的“春种秋收冬藏”知识全然不同。秋冬之际，天渐寒的时候，母亲把土铲松、抚平，将种子撒下去。然后，用细竹在地表轻轻扒一遍。种子被泥土覆盖，这样就不怕生禽啄食了。

我问：“妈，天已经越来越冷，菜能种成吗？”

母亲说：“我们这里是南方，气候条

件正好。况且，我们种的这些蔬菜容易成活。”

没过多少日，果见菜发芽了。松柔平整的泥土里，柔嫩的芽满满的，如翠绿的星，充满着生机。

再过些时日，天气越见寒冷。风雨交加，每下一场雨，天便冷一分。可是，每次雨寒风劲时，青菜长势却越见喜人。一大片一大片厚实的叶子，在风中尽情摇摆。雨水沿着菜叶唰唰而下，把菜叶洗得更青翠。原来，这些可爱的小生命是喜风喜雨的。越是寒冷，生命力越是蓬勃。

如是，几个月之后，地里所有的作物都长熟了。而此时，恰值寒冬，我和母亲穿得厚厚的到地里摘菜。母亲摘青菜，茎壮叶肥；而我负责拔萝卜，萝卜深藏，从菜叶上分辨，我并不知根的大小。一棵棵被拔出，只见个个洁白浑圆，这便是最欢喜的时刻了。因为，我们有了冬天里最美的收成。

自从儿时与母亲种菜之后，我便知，冬季是可以种菜的，任何寒风寒雨的时候，生命都是可以健硕成长的。

如今，又是一个寒冬来临。我们早已无地种菜，可是，平日路过菜园，看着一株株肥硕的青菜时，仍心生欢喜。因为我知道，不论冬天如何寒冷，不论风雨如何强劲，那小小的青菜都会迎风而生，沐雨而长。在那一场场刀风剑雨的摧残中，它们正经历冬天里最坚韧、最美丽的成长。

城里的人们，如果仍觉得冬日是不能种菜的，那就试着去种一畦青菜吧。因为，在那样的严寒中，我们种的是青菜，收获的却是生命的欢喜啊。

好多心情只能自己知道

兰芳

早早起来，对镜梳头，看到自己双鬓的白发，才相信自己真的老了。

什么时候，变成了现在的自己？

小时候，姐姐和哥哥因为成分不好，没有上过大学，父母把最大的希望寄托在我身上，然而，我却让他们失望了。我觉得自己没脸在村里待下去，迅速把自己嫁了。婚后的生活清苦之极，没钱的日子不好过，还处处被人欺负。

一次，我抱着孩子站在一家商店门口，

村里一位有钱人骑着自行车从我面前过，车子上高坡时，他也不下来还使劲地朝上骑，结果车子倒了，他竟然对我破口大骂，说是因为我看了他，所以他的车子才会倒。真是岂有此理！我擦干了夺眶而出的眼泪，看着商店里进进出出的人们，发誓有一天我要让那个富人到我店里买东西……后来，我终于有了自己的店，那个有钱人果真成了店里的顾客。

一个愿望实现了，我就又想着我的文学梦来。便拿起笔，开始记录生活，用文字铺排日子。

我认为人喜欢什么往往是天定的，即便没有氛围，没有目的，没有遗传，也会是一味地喜欢。命定我爱看书，自小就爱，无论怎么也改变不了。

一直以来，总喜欢将一天的所思所想毫无掩饰地写在烟盒上，随心随性把每一个日子，快乐或不快乐的都写下来，无关乎修辞，无关乎句式。

后来，朋友们一口一个作家，仿佛我真的是个作家了。老实说，我不承认自己是作家，充其量只能算是一位文学爱好者。但我就是我，怎么舒服怎么活，怎么开心怎么做，不管别人怎么看我、说我，只管扬起头走自己的路，我不会活在别人眼里。我有我的性格，有我做人的底线。人来世上一趟就像搭一次车，进一回群，随时会下去很多人，希望走后，留下的不是骂声！

说心里话，我写作就像养宠物，每天不辞辛苦地喂养，就只图个高兴。我粗糙的文字连我自己也不满意，大多只是一些情感方面的记录与抒怀，或是一些随心的乱语，或是保存生活中值得珍存的人和事，想写就写，想到就说，抒发自己的心声，没水平没文采那是自然的。那些随意抛洒下的苍白文字不值得被人评论，甚至不敢浪费大家的时间。只是偶尔翻起，给自己找一点儿心动的感觉，体会往日的激情罢了。

如今商店受大超市冲击开不下去了，已改成了棋牌室，身处最底层的我在家便守棋牌室，出门打工就只能做苦力，多年来干得最多的就是给民工做饭。扫大街人家也不要我，那活有时也要凭关系人情才能干，再说我视力不好，扫地也像给老爷爷画胡子。人在什么样的环境就容易成为什么样的人。我学会了说粗话，我就越发渴望与文明人打交道，渴盼关爱多一些，最起码不会让我向泼妇发展，立马“止步”还来得及。

于是，我就渴望与文化人交往，这就得以文会友，就得有文字写出来。然而，我仍然在工地做饭，听民工们下班后打诨插科；回家守棋牌室，听牌友们输了钱粗话连篇。稍有空闲，守店做家务就是我的活。很想和别人一样能有空间看书，也越发羡慕那些能有空间静心习文的朋友。

此时，我坐在电脑旁，一下子思维迟钝、灵感枯竭，感觉很不适应。很多圈子都想加入，但还是不知道自己到底属于哪个圈子，还是习惯在纸烟盒上书写自己的心情故事，留给自己一个人去欣赏，还是一个人好好地待着吧，随心所欲，没事写着玩玩何尝不可，毕竟好多事、好多心情只能自己知道。

我真的落伍了？真的成了废人？

很多风景已成过往，很多事已无法弥补。走过的路已无法再走，我的青春小鸟一样一去不回头。

我爱花儿

兰芳

父母给我们姐妹取名都是花名，这芳那芳的。我出生前一晚上，母亲做梦梦见荷花，所以我的名字就与荷花有关。后来我自己又改了几回，都与花儿沾边。那时候最随心所欲的一件事就是名字可以随意改，一个班里几乎每个同学都换过名字。

我自小爱花，总是对那些漂亮的花情有独钟。生在农家，认识最早的莫过于田间地头盛开的野菊花和狗尾巴花、麦瓶花、打碗花了。后来渐渐长大，见到那些月季、牡丹等鲜艳的花朵，惊喜之情溢于言表："啊，太好看了！怎么会有这么好看的花呢！"

在我看来农家比城市好，因为"地方大"，只我家的院子就顶城里单元房两三个大。我一次次在心里为庄稼院的"大"和"自由"叫好。我曾期望在我家大大的院子里栽花种草，然后看着它们长出鲜花朵朵，红的、黄的，姹紫嫣红，甚至梦里都是一院子迎风开放的花。我曾多次收集花籽并兴高采烈地拿回家。有鲜花的家才是家，有鲜花的日子才叫日子。我脑子里描绘的婚姻乐园，就是用花来装饰的，一方庭院，花红柳绿，能闻花香，能听鸟叫……

就连屋里那个破旧的花盆也被我废物利用。从地里回家，我手里总会有一大把姹紫嫣红的野花，我把它们插在花盆里，放在窗台上，紫的、红的、黄的，煞是好看，屋里还有一股好闻的花香，一切都变得香香的，心情立马舒畅多了。

我甚至无数次想过，如果能够的话，我愿意把所有的花都移到盆里来，移到我的屋子里！我爱花，太爱了。早上起来，我会先去看一眼我的花儿，在心里对它们说早上好，花儿好像能听懂我的语言，摇摇身子点点头，仿佛在说谢谢你，一定记着把自己照顾好；吃饭时，我端着饭碗站在它们面前，真想挑一筷子面条喂给花儿，我想它们有生命，也会饿的；临睡前，看哪朵花蔫蔫的，夜里就想花是不是病了，是不是我没照顾好它，一晚上都在为它担心。

我以为花儿是我的朋友，是我的亲戚，在没有人关爱的日子里，我总是去聆听花语，想象一份柔情和关心。

萦绕心头的读书梦

李泽锋

出身农家的我，父母皆是面朝黄土背朝天的庄户人，因此栖居尘世就没有什么背景，只有孤单的背影伴我前行。当然，和每个人一样，我们内心深处都能够拥有很多美丽的梦想，那是生存的诗意。有时候梦想过于绚烂，如同肥皂泡，很快破裂，消失了影踪；有时候梦想微小，慢慢消散在时光的尘埃之中；有时候梦想如同种子，慢慢萌芽，茁壮成长而成为枝叶茂密的树。

梦，代表着志向，召唤着我朝着远方奔跑。

幼时，心中就被埋下一个梦想，破土而出，逐渐萌芽，经历风雨，经过岁月，不断成长。

最早的梦是由我父亲帮我埋进心底的，不是自发形成的，应该算作我父亲的梦想。

父亲和共和国同龄，他们那代人命运曲折，伴随着时代节拍，在艰难困顿中，理想主义高涨，付出了很多。即便蛛网查封炉台，也坚信未来美好。当我父亲处于求学上进的时候，正处于特殊时期，当时没有条件放安静的书桌。怀揣破碎的梦想，父亲带着遗憾告别了校园，回家务农，于心不甘。无奈，他把梦想寄托在子女身上。从我求学开始，他对我的要求就比较严格， 希望我将来能考上大学，超越父辈。圆梦，既是为我，也是为了他自己。

在学习上我也让父亲比较省心，一次次捧回奖状，让他甚为欣慰。

1994 年，通过高考，我顺利进入某高校开始更高层次的学习。父亲攥着录取通知书的场景我铭记在心，他很激动，喃喃自语道出他的梦想终于实现。

我很平静，由于考上的大学非我所愿，也郁闷很久。枯燥乏味的大学生活，我有点倦怠。内心一度存在很大落差，对未来也是充满迷茫，竟然不知梦想到底在何方？

毕业之后，我对人生仍然缺乏明确的规划，对前途把握也是消极被动。不敢挑战自我，终日在无所事事中漂泊。入职之初，我作为乡村教师，每天伴随着日出日落，生活普通得像片片树叶、相像得似颗颗果实。我有过梦想，只是一闪念。有时候梦想一下子涌上来太多，根本无法实现。

有一天，我看到电视里一档节目讲述一个日本人的故事。他叫乙武洋匡，四肢全无，通过自己的努力，顺利从名牌大学毕业，成为电视台的主持明星，四处演讲，著书立说。看到他积极乐观的生活态度，我认为自己也应该有所改变，要植下梦想，设法超越庸碌的生活。

内心一旦有了真正的寄托，心中的梦想慢慢会被激活。

综合分析个人性格，我比较内向，不擅交际。读书需要静心以对，应该逐步成为一种生活方式。我试着改变心态，制订计划，努力通过阅读完善自我。

余暇时分，我不再参与无聊的活动，告别电视和游戏，端坐书桌前，静静让思绪在书中徜徉。开始读书，不过是为了改变行为方式，别的没有思考太多，动机也很简单，就是告别无聊和苦闷。后来，为了迈得更高，走得更远，我有选择地读一些书，读有用的书，以进德修业。而那些没用的书，有时候也牵引着我，让我心驰荡漾。在读别人书中流淌的文字的同时，我也开始尝试写作，一任自己的心灵开始歌唱。我的梦仍不清晰，在朦胧中激励自己，不断阅读和写作，坚持下去，希望会出现一些好的效果。

后来我有机会深造，获得更高的平台挥洒自我，这些都源于之前的梦。至今我仍在梦中，读书上进仍是我不变的梦想。开始迈步，那么就不要随意停止脚步，不断奔跑，相信梦想的实现就在前面的路上。

每个人心中都会有梦，有时只是一个念头。但梦想如果仅仅藏在心中，而不开始行动，那么就只能是空谈。有了积极主动的姿态，梦想的实现也许就在不远处。

中国梦，是中华民族的复兴之梦。在经历了积贫积弱的惨痛记忆之后，我们开始有了梦，开始为圆梦而努力，只要中华儿女齐心协力、奋勇拼搏，那么中国梦早晚有一天也会梦想成真。

年年送别校园路

李泽锋

每年 6 月上旬，都是学生毕业离校的日子。再好的宴席也要散场，如今又见这一独特的风景线：不少学生携带沉重的行李箱，陆续走出校门。他们要么拖着行李，手提肩扛，三五成群，喜形于色，慷慨激昂，仰面大笑，不做蓬蒿人；要么黯然神伤，恋恋不舍，不断挥泪，满怀惆怅，欲语泪先流，一步三回头。这是他们告别大学岁月的方式，不尽相同。

6 月是毕业季，是又一拨毕业生离校的日子。正如一条标语所写的那样，“今日莘莘学子，明朝社会栋梁”。如今，又一批“栋梁”即将“粉墨登场”。

这两天，2009级的学生就要离校了。毕业照已经冲洗出来，人手一张；毕业晚宴已经举行，豪言壮语仍在耳边回荡；毕业晚会已经上演，动情之处，有的学生情不自禁潸然泪下。领过毕业证、学位证，真的算是取得“真经”，于是怀揣梦想，背上行囊，为走向社会开始跃跃欲试。他们的人生开始崭新的一页，我作为师长，默默为他们投去祝福的目光。

青春美好，他们在我院挥洒四年时光，从新鲜的大一新生到老练的大学毕业生，也是历经不少酸涩，也曾品尝不少甜蜜，也有过别样的感情经历。再次回首，每个人都会悲欣交集，有着丰厚的收获，同样也有些许遗憾。某专业的学生以视频短片的形式回顾了在校期间的点点滴滴，这是他们的“致青春”。从刚刚踏入校门时的惶恐不安，到毕业时的满怀憧憬，历历在目。短片结尾，意味深长，他们由衷感慨：如果时光能够倒流，他们一定会更加珍惜在校的求学机会，会充分利用宝贵的求学时光，会认真上好每一节课，会经常出入图书馆，会在老师指导下认真完成作业。

“此情可待成追忆，只是当时已惘然。”这种遗憾每个人都会经历，都在回首往事的时候，懊悔连连。纵然有几多遗憾，纵然有不少烦恼，时至今日已化为昨日记忆。这些是成长过程中不可或缺的，是人生重要的组成部分。人生没有圆满，我们只能尽心尽力，让自己更加趋于完善而已。他们能够认识到自身的不足，说明内心渴望着成长，这样在未来会有可能取得更大的进步。

借一首《祝你一路顺风》送给毕业生们，祝他们未来道路更平坦，取得更好的成绩!

重寻读书的感觉

李泽锋

从某种意义上说，我还算是一个钟爱读书的人。

俞敏洪曾说过，每次出差他都会带上一堆书，但每次都不会有时间看，基本上是怎么背出去又怎么背回来。朋友就嘲笑他带书不看，很愚蠢也很好笑，但下次他还是接着带。他觉得没书在身边，灵魂就没有了安全感。生活中也许有许多东西值得牵挂，身边有一些自己喜欢的书相伴，方能满足。对照老俞，我有同感。尽管书没有他读得多，但是我感到多年积习，唯有静静读书，才能迅速放松身心，让灵魂找到家园。

可是回顾这一年多的时光，我发现真正读过的书籍，屈指可数；应该读却束之高阁的书籍，亦为数不少。懊恼的同时，感到自己真的有点儿叶公好龙，愧对读书的爱好。

时间都去哪儿了？还没有好好反思倏然就过去了。

打开电脑，浏览网页，观看大片，不知不觉间一个小时、一个上午或下午，甚至一整天匆匆而过；

揣起讲义，走上讲台，传道授业间又是一次大课，一周课程就在一呼一吸中匆匆而过；

借助平板电脑、大屏手机，读电子书，听有声书，感受语言或文学魅力，时间匆匆过去。

列举这些，可以看出尽管我每天参与的活动和文字有关，但是这和真正意义上的读书差距甚远。

我坚定地认为网络阅读是最佳的选择。因为海量的信息让我顿觉渺小，“不敢高声语，恐惊天上人”。在电脑面前，个人的知识渊博只是笑谈，不能当真。我沉浸其中，忘情地收集电子书籍，而对纸质书籍很少问津。曾经是图书馆常客的我，所借书籍接连超期。在图书馆同志诧异的眼神中，我连连推脱说自己太忙忘记阅读了，更忘了归还。当初一个学期借书超过百本的过往，我想只能在遗憾中回顾了。

我还坚持认为，书的高贵在于思想，不论是纸质的还是电子的。这并没有错，但是偏向于后者而疏远前者，总有点儿不妥。不愿和纸质书籍接触，我想这真有点儿滑稽，违背了我当初的读书自白。

我曾经在一篇文章中写过：“我有个习惯，在遇到精彩段落时或者选择摘抄，或者兴致盎然时倾心批注。但在网上一般是无法自如批注的，只能任凭灵感渐渐飘零。遗憾之余，我还是到书店购得该书的纸质精装本，再次触及熟悉的优美文字，如饮醇酒，沉醉般嗅着空气中弥漫着的新书香味，颇感快意。在阅读时一任思绪飞扬，或点点勾画，或批注，反正我的书籍我做主，无所顾忌。读过之后竟然还写了若干字的读后感，而后我上网搜索别人撰写的类似文章，再进行对照，实在感到别有一番情味。”

如今再次和这段文字相逢，我真有点儿羞赧，真怀疑是否出自本人的心迹。平素的的确确很忙，忙着本职工作，忙着琐事俗情。但是反观走过的足迹，我感到一个“忙”字未免太单薄。究其原因，还是个人因素占据主要地位。做事没有条理，缺少计划，或者缺乏执行的力度，于是习闲成懒，习懒成惰。该做的事没有及时完成，积压下来，就积重难返了。例如，有段时间我感到电子书籍犹如珍馐佳肴，于是借助电脑软件搜索务尽，收集并下载，漫无目的，来而不拒。由于没有及时分类整理，收集越多，我越是感到焦虑，后来干脆不再整理，压缩之后全部交付给云盘，不再过问。可是盲目的收集、贪心的膨胀，时间已经在无意义的劳动中成为过去。再如，恋上国外大片的那段时间，我把大把时间投入剧情的演绎中去。激动之后，感到收获寥寥，空虚感顿时弥漫上来。当然，影视是来自于经典书籍，但是通过别人的演绎获得的间接经验，永远不如字里行间慢慢品味获得的收益丰富。看电影、电视剧很耗费时间，剧情让人产生悬念，一旦深陷其中，走入误区，耽误的事情就多了。对此，我也感到矛盾，也很纠结。

开始重新走进图书馆，我这次读的是《蒋勋说宋词》。

在散发书香的空间中，我能感觉到很多高贵的灵魂在呼吸，默默守望，希望自己的灵魂能获得提升。书是人类成长的营养品也好，书是人类进步的阶梯也罢，它们永远只是符号。叠床架屋、汗牛充栋的书籍再多，如果不能参与个人的生命活动，那和一堆废纸没有任何差别。生命的成长是个异常缓慢的过程，拔苗助长、超越现实的跃进式发展不可取。对待林林总总的书籍，我的心态必须平和起来，不贪不恋，一书未完不读他书。读书“务广而不求精”的做法之所以不当，是因为贪求太多，往往食而不化，涣散了精力，浪费了时间，仍觉两手空空，徒增懊恼的心情。

收集大量的电子书出发点没有错，现在发现在这上面浪费了很多时间，不妨迷途知返。那些电子书我想暂时搁置起来，闲暇之时，慢慢分门别类，再细细品味吧。

他乡的清明节

蔡诚

父亲还活着，他的不苟言笑、他深陷而祥和的眼神，就在眼前的轻烟中……母亲也活着，每天的晨曦里，她裹着头巾在池塘边的石板上捣衣，在袅袅的轻烟中默默地给我们做饭……我还看到我们在一起相处的场景：在水田里割稻子，围着灶膛吃饭，坐拖拉机去卖棉花，雪天到我的学校送米送菜……一年中的这一天，夜风中，我和一些远离故乡的异乡人一样在燕郊的街头烧纸钱（请原谅我的不环保），祭奠逝去的亲人。缕缕飘逝的轻烟中，我有一种恍惚的感觉，海市蜃楼一般朦胧，如此强烈，像和亲人在一起一样——睁开眼，在车来车往的燕郊的大街，我默默地想着亲人，沉痛悲伤，发现渐渐喘不过气来。

醒来时，我发现自己睡在父亲怀里。绿皮火车还穿行在漫漫黑夜中。时间是星期六凌晨3点多。我没有叫醒已经站了大半天的父亲，一个人打起精神看着窗外。窗外除了偶尔一闪而过的点点灯光，什么也看不清，月亮老是钻进云层……车厢里一个男孩看了我一眼，又继续睡眼惺忪地喝水，他的母亲和怀里抱着的婴儿还在昏睡。我想拿下箱子，我抬头看了看，箱子挤在一堆行李中，算了——我总是想看看大学录取通知书，抚摸它……它……和我全新的命运联系在一起。

早上9点就要到北京了，还有五小时，我对北京深情的向往就要变成现实——幽暗的灯下，我展开表哥送的满是皱褶的北京地图，手指又停在那个叫学院路29号的地方。前天，我在有许多亲人送行的饭桌上喝多了酒，我说我会成为一名地质学家，会的，我会成为你们的骄傲……但此刻，想到那几句豪言壮语，我沉默不语……或许我再也没勇气说那些话，特别面对患有青花眼的严厉的父亲——父亲还在梦乡，口水顺着他干枯的嘴角流了下来，或许他梦到了由我带来的他梦寐以求的什么荣耀……

终于要到北京西站了，在不断有人叫卖地图、特产的嘈杂中，父亲和许多人一样忙着收拾行李，不少人已挤到了门口。父亲要我拿了那份别人不要的报纸，说留着以后路上打发时光，自己一边将那几个喝光了水的空瓶子捡起来。“一角钱一个……北京一定有收这个的……”父亲背着鼓鼓囊囊的大包走在前面，不时用细长的眼睛东张西望——我也一样，这个特大城市的汹涌人潮中，生怕失去了方向。

我们来到了站前广场。“累了吧，”父亲帮我卸下了肩上的小包，“休息一会儿，我去买两瓶水。”我冒着汗，眼睛看过头顶上的大钟后，就盯着面前巨大的电视，全是广告，全是我没吃过的东西的广告，终于开始介绍起了北京，首先是航拍的秋天的长城，然后是有人划船的颐和园……父亲去了很久，谢天谢地，他着急地走来了——原来，一瓶水这里要卖三元，他觉得贵，便找了一家只卖一元的超市。一瓶水我一下子喝了一半，喝得很痛快。

我们在公车上一路站着，路过一些看上去有些意思的大楼或什么地方，父亲偶尔露出笑脸说上几句，粗壮大手里的一块面包，一直到下车了还没吃完。“一点不错，一点不错，一点不错。”父亲对着高大的校门反复说了三遍，声调欢快、和气——我们的行李在一堆行李中很是抢眼，几个看上去也是从农村来的家长主动和父亲聊天，他们交流困难，我也是，除非有人主动问我。我沉默寡言，只是观察着我将要生活四年的地方，有不少高高的杨树，9月的太阳照在上面不时颤动着刺目的光芒，那个不高的图书馆或许我喜欢，球场上一些人在踢足球，红蓝色的座椅空无一人……

父亲跑来跑去给我办各种手续，好一会儿，他抱来了被子、脸盆和其他一些生活用品。我们被大二的学长领着穿过两条浓荫匝地的小路，然后来到了好像能听到火车声音的宿舍，三楼，八人间，只剩下两个我不喜欢的上铺。父亲给我铺床，他要铺的，我只好坐在下铺听几个新同学说话。他们又说起了高考成绩，我也差不多，我想，这里不是我能常拿前三名的高中，在全国各地的好学生中间，我或许再也自豪不起来——父亲要我上去，问我放台灯的位置合不合适；又嘱咐我好好用功，同时要和同学融洽相处……在北京的最初两夜，我们父子就挤在这个小床上，他的鼾声很大，然而我还是做了一个梦见自己戴上了博士帽的美梦。

和父亲在一起生活加起来实际还不到十多年。他常年在外打工，给在景德镇开店的远方亲戚送过货，在鄱阳湖边上帮人看过鱼塘，在广东的工厂做过搬运工，在省城路边卖过菜……我上初中的那一年春节，混得不错的表哥来家里拜年，他是亲戚中第一个有相机的人，在一个年后的阳光里，他给父母在老屋前拍了一张合影。合影被我用稀饭的米粒粘在厅堂的土墙上。父亲不在家的日子，我时常盯着照片看。父亲穿着藏青色的旧棉服，额头宽阔，双眉挨得很近，左眉上有一颗很大的黑痣，身材比母亲高出半个脑袋……

我极少见父亲笑，他是爷爷七个孩子中的长子，由于家里穷，直到三十岁才娶了十多里外的母亲。母亲说，父亲用两袋谷子把她娶回了家，她的嫁妆是一床红被子和一个漆成紫色的木箱。那个木箱后来我拿到寄宿学校用着，油漆剥落暗淡，和我一起度过了整个中学时光。在我人生的最初几年，父母在生产队里挣工分，相处得还算和睦，但后来分田到户，父亲本来不好的脾气越来越让母亲难以容忍，于是时常吵架，父亲嗓门大，我们三个孩子躲在破败的木门后，一言不发，沮丧得像是在等天塌下来。

后来，父亲和他的几个兄弟分家。我们一家五口于是搬到村西头用泥砖砌的两间非常阴暗的土屋里，其实先是砌了一间，直到第四年小屋才完整了起来。那三年，夏天，孩子们则睡在铺着凉席的地上，天冷了，一家人才挤在一张大床上。等到我们几个孩子要读书了，为了多挣点儿钱，父亲终于在母亲不断唠叨下，在小屋后面又搭了个农舍，农舍里养猪养鸡，里面又脏又臭，不知什么原因，我倒喜欢那里——我常常和猪们鸡们说话，有时朗诵课文，有时对着捡来的报纸照本宣科，老师说，我缺乏大庭广众之下说话的才能，好好练练吧，这对成才有利。

父亲并不是养猪的能手，我记得那一年发了流行性瘟疫，五头猪里最后只剩下一头病恹恹的小猪仔。小猪仔父亲也不想要了，母亲想留下养着过年——过年孩子需要吃肉，“孩子个个瘦得像猴，”母亲哭了，抱起猪仔回了娘家，“不就是为了孩子么……我们活着不就是为了孩子长大后活得有个人样……”我以为还是母亲对我们好些，我们常常围在还没有冒蒸气的大锅边，等待就要煮熟的红薯稀饭——一家人总是站在灶台边吃饭，默不作声。菜通常只有母亲自制的霉豆腐，我吃了太多的霉豆腐，一直吃不厌。

那一年秋天，我们已经习惯了的父母间彼此目光里常常含有的敌意永远消失了。在那几天落不尽的秋雨里，母亲挑粪浇了两遍菜地后，竟一病不起，在床上一共躺了八天，死前只在大队里的赤脚医生那里瞧了两次——我在乡里的中学上初二，一赶回家，就被母亲冰冷的样子吓得大哭起来——再也没有人郑重地看着我的脸，“给我买支钢笔吧……”从此也只能硬着头皮向父亲说。父亲执拗地沉默着为母亲料理了后事——母亲此后只是一个埋在小山里的寂寥的土堆，那个她钟爱的用来制作霉豆腐的小罐缸一直废弃在家门外的杂草中……

母亲的突然离开不由分说地改变了父亲和我们的生活。感谢上帝，父亲开始懂得了自己的责任，他不得不变得忙碌起来，学会了做饭、洗衣，给水稻、棉花打药也更勤了……但 20 世纪 90 年代，农产品的价格一直上不来，而种子、化肥、农药，还有各种税款一直居高不下……和许多乡亲一样，父亲也抱怨不已，我们一家子在昏黄的灯下老是愁眉苦脸。父亲感到迫切需要改变我们的生活，我们也正在渐渐长大。

上高一的哥哥打死也不去读书了，一个冬天，他满是皲裂的手提起行李，跟村里几个男人上鄱阳县的砖厂拉砖去了。

有两年，我和弟弟的学费总是没有着落。我记得，无可奈何的父亲每逢开学的时候，都要来学校和老师说好话，打欠条，七十块钱的学费有时期中考试了还没交清——没交清学费的学生暂缓发新书，甚至不发卷子让你考试。坐在空空的课桌前，我越来越没有了自信，面对老师和同学，也习惯低着头一个人匆匆走过。我尽管有梦，那唯一的精神食粮，却从来无人知晓，对父亲也只字不提。父亲由于早年那些好斗而懒惰的毛病，后来也一直受着全村人的蔑视，以致邻村那个守寡多年的哑巴又改了主意不愿嫁到我们家。父亲对此没有发泄不满，也没再提过这事——我不知道，过着这种黑暗生活的他是不是觉得没奔头，如果是这样，那真是可怕。

为了挣钱，父亲那半个夏天闷声不响地在滩涂边开垦了一块荒地，他说要种西瓜，西瓜人人爱吃。快要收获的时节，他带一台小收音机，睡在那一片荒凉中用茅草搭起来的小棚子里。这时候，我领着小我三岁的弟弟睡在家里感到害怕，虽然我如此怀念母亲，但黑暗中，又有老鼠和不明事物发出的细碎声响，让我总是噩梦连连，有时竟觉得母亲扑上来要扼住我的脖子似的。西瓜地被勤劳的父亲侍弄得很好，有三年，每逢露天电影在大队里的草地上放映，我们就卖西瓜，五分一斤，瓜皮总是被扔得满地都是——我们兄弟两个经常打着手电，在浓密的藤叶中找寻大个的甜西瓜，然后吃力地抬着满满一箩筐赶去放映场继续我们的好生意。我们都笑了，就觉得为我们未来的好生活找到了好办法似的。这是我上大学以前数钱最多的时候。

家里越来越难待下去，父亲说，种田一不小心就会亏本，要养活一家子异常艰难，况且你们还要读书考大学。初三时，我的用功和表现，父亲突然觉得这个家庭需要一名大学生。“考上大学是我们最后抬头做人的机会。”这一年春节我发现父亲一下子像是老了许多，焦黄的脸上皱纹越来越多，背好像也累驼了，“我明年就五十了……这身力气也用不了几年，现在，它需要发挥更大的价值，而不是只窝在一个穷地方……”我们高兴又难过，哥哥说等他学会了开车他会挣得更多。父亲把我们托付给和他关系并不亲密的叔叔后，在那个无边的天空还呈现着幽深蓝色的黎明，上了开往景德镇的班车，我看到，一会儿，半是红色的旧班车消失在蜿蜒的乡村公路上，只有影子一样的群山在远方起伏。

父亲在景德镇给开店的远方亲戚送货，主要送瓷器。他说他过得还好，就是脱离了原来的社会，有些孤单。我给父亲写信，信寄到远方亲戚的店里，我奇怪父亲为什么通常好久才收到。父亲偶尔也给叔叔打电话，有一回我正好就在旁边。叔叔心不在焉地听着父亲的叮嘱，每回父亲谈的几乎都是成绩，只有好成绩才能让父亲在那边安下心来。那年暑假，我想拿着成绩单去看父亲，还想去大城市看看。长这么大，除了去过三回县城，我哪个城市也没去过，景德镇我向往了多年，但直到父亲离开了我也未能成行。

从景德镇开始，已步入老年的父亲从此开始了漂泊。是环境迫使他这样做的，如果他不这样谋生，我的学业或许就要止步于那个破败的农村中学，况且我成绩一般。在村里，我是第二个有幸熬到了中学尽头的人，其他十来个同伴都中途去广东打工了，不久后有的盖房，有的结婚。父亲也想趁早抱上孙子，但哥哥总是说等事业小有成就再说吧，他想回来办一个砖厂，再干两年创业的钱就能准备得差不多了。我期待哥哥的成功，更期待自己考取大学，只有这样，我们才对得起父亲，才能以此扼杀乡亲们对我们一家的嘲弄。

高二开始，除了在学校没完没了的补课之外，我在家里的灯下也要常常复习到深夜。有一夜，给人看鱼塘的父亲带了两条活鱼回来，又做好了鱼汤给我端来。我在狗吠蛙鸣、蚊蝇的嗡嗡声中，流着汗喝有点儿咸的鱼汤。父亲像母亲一样站在我身后，一声不吭地看着我。“这些都会做吧，好好做，不懂的地方问老师。”父亲走之前看着我写得密密麻麻的数学资料终于说了一句。我讨厌数学，但又不得不为它花去大把的时间。高考前一月，父亲特意从广东赶来看我。他带来了两袋我从没见过的吃着甜而脆软的零食，我还想献给那个坐在我前排的女生，她白净饱满的圆脸在女同学中真的很美，但直到毕业后我们也从未在一起单独待过。

我擦去额头的汗，走进了鸦雀无声的考场。那黑色7月中的三天，每天如此。我在做考卷的时候，父亲去了省城卖菜，没多久，他从省高招办打听了好消息匆忙赶回老家，回到我身边没几天，邮递员果真给我们送来了入学通知书。那些天里，父亲高兴地打扫起老屋门楣上的蛛网，又到乡墟上买了一套像样的灰衣服，而我终于有了些时间，骑着那辆浑身散了架一样的旧单车在暑热的大自然中闲荡。那年，乡下干旱，所有的庄稼都耷拉着脑袋，乡亲们都满头大汗地四处找水，有的甚至为抢水打到了大队书记那里——为了迎接重新开始的一切，我在山脚下的水洼里故意让游泳弄得筋疲力尽，还故意抓满一瓶蝉放进蚊帐……放纵之后，怀着甜美的希望，我躺在夕阳下的草地上，时而吟咏起我喜欢过一段时间的汪国真的诗句，时而想象一个少年没有实现的爱情……

2009年，我硕士毕业。夏天的一天，带着这份喜悦我回了趟家。其实不是回家，而是到了父亲打工的小城九江。两年没见父亲了，我还想告诉他，经过几年的磨砺，我变得不再内向，而且已经向一个也喜欢我的重庆女孩表达了爱意……幸福生活开始向我们招手啦，我们就用这只正宗的北京烤鸭祝福吧……笔记本电脑里有她的照片，我相信每一张照片都会让父母乐开花。南下的列车上，我一边和她网上聊天，一边继续投递简历，好工作就会有的，以我的专业，起薪要求五千不会有什么问题……窗外的月光也在看着我的好心情，夜色如此温柔。

父亲骑着三轮车在晓雾中接我。是改装过的绿皮三轮车，父亲一千元钱从老乡那里买来，然后，在这个南方小城拉客，半年多了，生活过得比在省城卖菜要好。父亲一路上问个不停，我更担心的是，他在大街上骑行的技术有时会吓得我一身冷汗。“小心点，安全第一。”坐在狭窄而颠簸的车厢里我不断提醒说。“习惯了，没事……得快，城管盯得紧……要不怎么多挣些钱……”父亲苍老的声音在我能感受到的风中传来……一路上，我不断打量这个宁静的小城，房价已经三千了，一个美丽的街头广告告诉我……安家，在哪里对我都只是一个梦想，我想，或许哥哥能干，我们常在QQ里聊天，我相信他说的，现在打工挣钱的都想回家盖房，水泥砖市场太大，明年水泥砖机他或许就能采购……

大约二十分钟后，父亲把锁三轮车粗大的链子和一棵看上去很结实的大树锁在一起。我跟在父亲后面走着，突然想起给父亲买几瓶啤酒，吃烤鸭需要点儿酒助兴。“算了，下午还得拉活呢……”父亲说，高兴装在心里就好，要形式还浪费钱。父亲的租住地不比他的三轮车大多少，是一排临近污水沟的民房中的一间，石棉瓦盖的简易厕所在不远的枯树下不时传来令我掩鼻的气味。屋里吊着一个灯泡，我走动时必须低着头避免碰着脑袋。那个印着红花的脏被子我想父亲睡了至少十年。父亲提起用木料自搭的桌子上的开水瓶给我倒水，我又拿起中学时用过的搪瓷水杯喝水——父亲在旁边准备中饭，半碟土豆的剩菜又倒进了煤炉上的黑锅里。我在热气半天散不尽的小屋里打开电脑，身上感觉到一股燥热。

上大学以后，父亲很少说我的不是了。“你已成人，而且在能见到世面的大城市，”他说，“你知道该怎么做，我相信你能做出好的选择。”就这样，我沿着自己的路，换了专业，假期留在城市打工，大三向那个像中学女同学的女孩开了口，决定考另一个大学的研究生……除了嘘寒问暖，父亲再也不管我们。租住在隔壁的是一对来自同一个乡的夫妻，我们在看照片的时候，听到他们尖锐的叫嚷声，“又是那点儿生活上的破事。”父亲说着，随后走了出去。城郊一会儿平静了下来。下午，我一个人在这个小城闲逛，虽然地处长江之滨，但环境并不如我想象中的好。这不像我的故乡。

那三个晚上，我做好了饭等父亲，但菜凉了，父亲依然没有回家。他在人民医院那边拉活，他说，他看到每个在路边等车的病人的脸都无法拒绝，如果母亲那时在九江，她还一定活着。我知道父亲好想回到一家人贫困却还活在一起的时代，和父亲同睡在一张床上，我像回到了久远的童年一样，只是少了会讲“狼来了”的故事的母亲。父亲克制着他所有的感情，力气全用在了三轮车上。“一天挣个五六十，”他说，“等你妹妹一毕业，我也该回老家养老了。”——他的理想是，在湖边上盖个不大的房子，房子里有不少孩子……别生什么像你母亲那样的怪病，偶尔打打麻将，直到终了。“会的，”我说，“你不是算过命了吗……”

然而，那次九江之行过后的第二年的冬天，我在北京中关村的公司接到了哥哥语调悲痛的电话，父亲死于一次惨不忍睹的车祸，血迹中的现场零钱撒了一地。这是个晴天霹雳的消息，就在前一天，北京的暴风雪中，我还和女友在燕郊的家门口开心地堆了一个戴帽子的雪人，而更早的两个月前，父亲为了给我买房，专程来过燕郊三天。那三天他陪我们不断地看房子，终于在潮白河边选中了一套二居室。我多么开心啊，他说，你们兄弟一个个开始有了出息，有了自己的家……这个寒冷的冬天开始，我没了父亲……太阳发出的冰冷的光透过巨大的玻璃幕墙照着我低泣。

下班回家，我久久地坐在客厅的沙发里……父亲曾经坐在这里非要给我五千元钱。“你贷款买房，还准备要孩子……”父亲用毋庸置疑的口气说，“我没本事，在北京帮你买不了房，在燕郊买房也出不了什么力……”拼不了爹，“在外面比在家更难……那是你的血汗钱，好好留着吧，你身体也不好，花钱的地方太多……”我说，一边努力想把钱塞回父亲的大口袋。我最后留下了钱，那是父亲千里迢迢来看我的心意——遗憾的是，我没有领他去北京玩玩，他想看看天安门，爬爬长城……也没有给他在新家里照相……会有时间的，父亲才六十四岁，我想，等两年还准备让他给我带孩子呢……还没来得及领证的女友默默坐在我的身旁，她的眼睛里也透出强烈的悲伤。

收拾行囊，第二天我再次登上开往九江的火车。火车上，我的心情和去年夏天相比恍如隔世，十多个小时，没有睡意，一言不发。我饥肠辘辘地下了车，在飘着细雨的阴冷的小城的黄昏，四兄妹从不同的地方聚到了一起。父亲在太平间参加一家人的团聚。我哀伤地细细打量如此不幸的父亲，由于和卡车剧烈的相撞，父亲变得面目全非，甚至不容易发现他脸上的苍老。找个遗体化妆师吧，我提议，父亲的一生从来没有打扮过，我们要有全新的面貌送他去天堂。两天后，父亲化为灰烬，盛在我们手中的骨灰盒里。父亲坐在哥哥新买的车里回老家，第一次坐轿车，父亲笑了么……

送走父亲那天，我一次一次站在这幅镶着简单画框、蒙了一层灰尘的父母的唯一一张照片前面。照片摆在母亲出嫁时做的、后来我用了多年的旧木箱上，他们呆板地站在一起，都是一身旧衣服，面无表情。他们活着总是磕磕碰碰，死后相依为命埋在一起了，但愿在天堂学会了恩爱和睦。我们兄妹都想拿着照片，最后复印了几份——几天后，我们一起告别了老屋，屋后，父亲种植的一片竹林在风中沙沙轻喃。老屋人去楼空，两个叔叔说他们不会让它坍塌。车子向九江开去，我们不说一句话……后面好像有脚步声响起，我凝神静听，是父亲么……透过车窗，我只看见世界渐渐隐没在寂寥的乡下的暮色里。

失去了亲人的生活还要继续……每天，我经常在930公交车上一路站着，辛苦而疲惫地穿行在北京和燕郊之间。有时后悔这样的选择，但周末躺在阳台上晒太阳也觉得温馨。不紧不慢的时光带走一切好的坏的往事，繁忙的工作中，父亲渐渐已隐在我内心的一隅，只有父亲节、清明节，他的音容笑貌那么强烈地来到我的眼前——一个人无论多大年龄没有了父母，都是孤儿，我想起了哪里读过的这句话，是的，每逢祭奠的节日，孤儿的感觉在许多人的内心疯狂生长。在燕郊这个奇特的小镇，住着二三十万他乡人，我看到许多人这一天在烧纸，他们逝去的亲人的墓地在远方，唯有以这样的方式他们才觉得对得起那份沉甸甸的遥远的亲情——这一年，入乡随俗，我也带着纸钱走上夜晚的街头。幽暗中缕缕轻烟飘逝，我内心深处的感伤愈来愈浓烈，我想，我们曾经相濡以沫，其实永远相濡以沫……

爆米花

王淼

爆米花显然是一种生命力极强的零食——为什么这么说呢？随着时光的流逝，很多深受我们那一代人喜爱的零食已经逐渐淡出了我们的视野，但似乎只有爆米花，不仅没有离开我们的生活，反而与我们的生活贴得越来越近了。时至今日，爆米花的花样越来越多自不待言，同时，爆米花也越来越得到今天的孩子甚或成人的青睐。

对于我的童年生活而言，打爆米花既

能够满足自己吃零食的口腹之欲，其过程本身却无疑又是一次非常好玩的娱乐活动。打爆米花的摊子最常出现在被老人们称作衙门前的那片空地里，据说这里曾经是清朝的县衙所在地。如今，县衙早已荡然无存，昔日威严的衙门也逐渐演变成为一些流动商贩摆摊的集散地。以打爆米花为营生的大多是一些家境不好的老人，从他们的衣着和面貌上就能够看出他们走街串巷的辛苦以及日常生活的艰难。他们常常推着或者拉着一辆破旧的板车，板车上放着用来打爆米花的工具：一只小火炉，一只风箱，一个可以用手摇动的、葫芦状的黑色转锅，还有一个用来盛爆米花的大口袋——也就是这些十分简陋的家当，构成了一个打爆米花的简易作坊。

打爆米花的摊子大都是黄昏时分出现，因为这个时段正值孩子们的放学高峰，而这些孩子才是经常光顾爆米花摊的最主要顾客群。爆米花的交易大抵分为两种，一种是自带玉米或者大米的，属来料加工，摊主只是收取微薄的加工费；另一种则无须等待，直接从摊主这里买走现成的爆米花——摊主的板车上总会摆放着许许多多大小不一的纸包，这些纸包被折叠成喇叭状，里面装满了加工好的爆米花，定价最低的每包不过一分钱而已，它们所针对的正是这后一部分顾客群。当然，经常光顾爆米花摊子的还是以前一种顾客居多。每当放学归来，大家就会拿了盛有玉米或者大米的搪瓷缸或搪瓷碗不约而同地纷沓而至，来得早了，固然可以早早拿了加工好的爆米花回家；来得晚了，却也不妨将自己的搪瓷缸或搪瓷碗按照先后次序排放在摊主的板车上，自己则可以借这个机会在外面"疯"玩一会儿，好在再也不必搜肠刮肚地寻找各种理由去跟父母请假了。

我一直觉得，打爆米花的过程有点像专门为孩子们而设的一个节日庆典。老人一手拉风箱，一手摇动着那个葫芦状的黑色转锅，转锅下面的小火炉则烧得旺旺的，发蓝的火焰紧紧包裹着那个装满玉米或大米的黑色转锅。打开转锅的时刻可以看作是这个节日庆典的高潮，老人把转锅的开口处直接吞进平摊在地上的大口袋里，然后手拿套筒，再把脚踩在转锅开口的机关上，孩子们则捂上耳朵迅速跑开。随着"砰"的一声暴响，原本干瘪的大口袋一下变成了一个鼓鼓囊囊的圆柱体，老人的脚下先是升起了一股烟雾，继而一股爆米花的芳香便在空气中弥漫开来。未等这股烟雾散尽，贪吃的孩子已经重新围拢过来，迫不及待地将那些热乎乎的，甚至还有些烫嘴的爆米花大把送入口中了……

说真的，在我的内心深处，许多儿时的记忆均已变得模糊不清，但那个黄昏打爆米花的画面却一直没有褪色——非但没有褪色，随着时间的流逝，反而变得愈加清晰起来。

摔『瓦屋』

王淼

现在的孩子不知道“瓦屋”是何许物也，当然更没有玩过摔“瓦屋”的游戏了。

所谓“瓦屋”，不过是一种用泥巴做成的玩具——比赛双方首先选取一块大小适中的泥巴（最好是那种富有黏性的胶泥），加水，像和面一样将其揉匀，然后把泥巴捏成小碗形状的东西，底朝上，口朝下，用力摔在地上，放出炮仗一样的声音。若碗沿完好无损，碗底震出一个大大的窟窿，算是成功；若碗沿也同时震破了，算是失败。一方碗底震破，另一方就要提供用泥巴拍成的“布”来补窟窿，窟窿越大，用泥越多，如此，反复多次，直到一方将另一方的泥巴赢光，即为分出输赢。

摔“瓦屋”的关键在于碗沿和碗底薄厚的程度，碗沿薄了，容易震开，“出师未捷身先死”；碗底厚了，却又难以震开，当然同样不能获胜。捏“瓦屋”是个技术活，需要反反复复实践多次，才能够琢磨出其中的道道，逐渐掌握个中要领。滨湖的小城湿地多，有的是胶泥，这种泥的特点是黏性强，干湿适中，很容易做成好玩的“瓦屋”。做“瓦屋”的材料随手可得，给喜欢玩泥巴的孩子提供了足够的理由。但一般父母差不多都反对自己的孩子玩泥巴，他们以为泥巴是脏东西，常常会弄得孩子们身上没有一块干净地方，碰不得。殊不知摔“瓦屋”其实是一种最接近自然的游戏——玩泥巴能够让孩子吸收地气，而吸收地气的孩子身体更健康呢。我个人觉得，无论是从游戏的健康指数着眼，还是从游戏的趣味指数着眼，摔“瓦屋”都远胜于今天孩子手中的电玩。

实际上，父母们虽然大都禁止自己的孩子玩泥巴，但更多的时候却是事倍功半，他们的约束不但起不到多大的作用，反而会让孩子们额外多了一层偷偷摸摸的刺激。我小时候就经常背着父母玩泥巴，与三五个同样喜欢玩泥巴的小朋友约在一起，大家找一个隐蔽的所在，挖一块大大的胶泥，兴致勃勃地玩摔“瓦屋”。这种游戏的乐趣并不单纯是为了分出输赢，游戏的同时，还在于动手制作的过程——泥巴可以捏成“瓦屋”，也可以捏成各种奇形怪状的玩物，真个是千变万化，其乐无穷。当你托起刚刚做好的“瓦屋”，抡圆了手臂重重摔下时，听着那一声声清脆的声响，看着“瓦屋”落地时所绽开的一朵朵“花瓣”，那种其乐融融的成就感，又岂是那些打电玩的孩子所能够领会的呢！

摔“瓦屋”摔得兴奋，有时也不免演变成一场泥水大战。混战的双方以泥巴做武器，连泥带水地相互攻击，直玩得一头、一脸、一身全是泥巴，一个个全都变成了“泥猴子”——大家玩得情绪高涨、热火朝天，父母的叮嘱自然早已变成了“耳旁风”。虽然打扫战场时，大家也会顺便收拾一下各自衣服上的泥水，但欲盖弥彰，残留的痕迹还是出卖了他们的行迹。最终的结果不免乐极生悲，轻了，遭父母数落；重了，就会受皮肉受苦。但对于喜欢玩泥巴的孩子来说，他们并不后悔。

滚铁环

王淼

滚铁环是我小时候常见的一种游戏。那时候，在小城内的大街小巷里，经常能够看到一些孩子，各自手执一根头上带有弯钩的铁棍，推着一个圆圆的铁环往前跑。铁环滚动在宽阔的柏油路面上，总会发出一种“哐当哐当”的声响，有不少孩子还会在自家的铁环上套上几个小小的环子，铁环一旦滚动起来，就会多出一种“哗啦哗啦”的声音，显得悦耳了许多。

把昔日孩子玩的铁环，与今日孩子玩的滑板相对比，还是颇有点意思的。它们都需要一定的技巧，不会玩的寸步难行，会玩的则能够玩出各种各样的花样——滚铁环可以保持长时间不倒，而且能够翻越各种障碍物；滑板的花样更多，每一个孩子都有自己的“必杀技”，自不必我多说。滚铁环也是孩子们之间的一项竞技项目，但与一般竞技项目稍有不同的是，滚铁环更多的不是比谁推得快，而是比谁推得慢——铁环前行，首先需要保持一定的平衡，铁钩与铁环之间的接触点要找准，才能掌握铁环的方向和重心，快了好说，慢了就很难做到这一点。所以，滚铁环比快往往不显水平，比慢反而更见功夫，这也是一般孩子常常夸口，说自己能够让铁环停在原地不倒、屹立不动的原因。

至于铁环的来源，可谓五花八门，而喜欢滚铁环的孩子，也是八仙过海，各显神通。有些孩子的父亲在工厂上班，本身就是能工巧匠，制作一个小小的铁环，自然不在话下。有些孩子没有这样的便利，就会巧夺天工地利用一切可以利用的现成材料——比如，取来木桶上的铁箍，或者其他各种相类似的什物，来充当铁环，却也一样可以玩得出彩。一般来说，老师是不让学生带着铁环去上学的，怕他们玩起来上瘾，耽误了功课。但也总会有一些孩子能够躲过老师的眼睛，将铁环悄悄带到自己的教室里，下课的时候来来回回遛上几圈，自己过把瘾，自鸣得意一番；别的孩子也会跟着凑凑热闹，或者轮流比试比试，一见高低。

在局外人眼中，滚铁环显然是一个很单调的游戏，一个人推着个铁环走来走去的，能有什么意思？但子非鱼，安知鱼之乐。事实上，那时候的游戏都很简单，或者，也可以说都很单调，但那时候的孩子却都玩得非常投入、乐而忘疲。可见，童年世界自有童年世界的密码，童年生活的质地既与物质和财富相关，却也并不存在必然的联系——时代贫瘠，但孩子们的生活，依然可以有趣而迷人。

是的，那是一个贫瘠的年代，但贫瘠，却并不意味着无聊——在贫瘠的年代，同样能够收获快乐，同样可以玩得开心。比如，我们可以把驱虫药宝塔糖当作美味的零食，也可以把带有香味的橡皮擦、各种动物形状的卷笔刀乃至反正面的写字本，当作自己最珍贵的收藏，从中体会到由衷的欢心与快乐。而这些，又岂是今天的孩子所能够体会到的呢？

攒糖纸与收烟盒

王淼

与现在的许多小朋友一样，我小时候也喜欢收藏一些自以为值得收藏的东西，除了小人书之外，我最痴迷的是那些五颜六色、花花绿绿的糖纸和烟盒。

那时候攒糖纸并不是一件很容易的事情，因为一年到头也吃不上几次糖果，所以靠自己吃糖来积攒糖纸根本是不必指望的，而我得到糖纸的唯一途径就只有去捡——不管街头，还是路边，只要有希望捡到糖纸的地方，我总会有事无事地转过去溜达溜达，在地上搜寻一番。但即便如此，能够捡到的糖纸也依然是很有限的，而且，捡到的糖纸的品类也非常单调，一般硬糖的糖纸还算易得，软糖的糖纸——尤其是那种用来包装高级奶糖的玻璃纸，就显得比较珍稀了。我记得那时候最常见的一款糖纸是一种水果硬糖的糖纸，这种糖纸纸面粗糙，上面印制着舞剧《白毛女》的图案。至于糖纸里面包装的内容就不必多说了，留给我的最深刻的印象也不过是一个“硬”字而已。父亲每次出差，我总会在心中暗自计算着他回来的日子，揣想着他会给自己带回来一些什么样的糖果，对于我来说，能够吃上好吃的糖果固然令人高兴，但更让我兴奋不已的，还是能够得到一些平时绝难得到的糖纸。我把自己得到的糖纸一一展平，再小心地擦拭干净，并按照不同的主题、纸质和图案进行了分类，然后夹在几本《战地新歌》中。我积攒糖纸的兴趣终止于一位同学的讥讽，他说攒糖纸属于女孩子的爱好，喜欢攒糖纸的男孩子身上没有男子气。我自然不希望自己身上没有男子气，为了证明这一点，我终于将辛苦收集来的糖纸当众销毁。虽然我的确为此痛苦了好长一段时间，但能够证明自己身上有男子气，我还是觉得非常欣慰。

与攒糖纸相比，我收烟盒的兴趣保持得更为长久一点。

虽然时至今日我依然没有学会抽烟，但有两种在当时广为流行的香烟的价格，我却一直记忆犹新。其中一种名为“红灯”，八分钱一盒；另一种是“大前门”，三毛九一盒。前者最常见，在我的印象中，妈妈单位里的男人们所抽的基本上都是这种香烟；后者则更多地出现在一些比较重要的场合，比如带有一些喜庆色彩的节假日，以及家庭请客时的宴席上。在喜欢收烟盒的小朋友之间，还流传着这样一首顺口溜：“一等人抽中华，高高在上；二等人抽牡丹，满口喷烟……”后面好像一直排到十等人的样子，其中“大前门”排在第三的位置，可见其身价的确非同一般，但从“大前门”往下还有哪些，我却已经记不清楚了。在顺口溜列出的十种香烟中，最难得的当然是中华烟的烟盒了，那时收烟盒的渠道本来不多，除了像攒糖纸一样去捡，就只能得自于朋友间的交换，而我的唯一一张中华烟的烟盒，即得之于和一位同学的交换。这位同学的父亲是县革委的官员，当时大概属于那种“高高在上”的一等人吧，但这位同学却并不喜欢收烟盒，他更喜欢玩琉璃蛋儿。于是，我们各取所需，我用自己手上的琉璃蛋儿换得了他手上的中华烟烟盒，而这唯一的一张中华烟烟盒，也就当之无愧地成为我烟盒中最值得骄傲的收藏。

同样是受这次交换的启发，我开始去县革委办公楼的后面去寻找烟盒，果然常有一些令人欣喜的斩获。有时还能在那里看到不少罕见的糖纸，可惜的是，我那时已经不攒糖纸了。

全国粮票

王淼

提起粮票，现在的孩子大都不知所云。但在我小的时候，粮票之于每个家庭都是必不可少的东西——买面、买粮要粮票，去副食品商店买点心要粮票，更不必说出门远行了，必须带足了粮票，否则，拿着钱也买不到食品，就有陷入街头乞讨的危险。一句话，在那个年代，没有粮票，简直是寸步难行啊。

粮票分全国粮票和地方粮票两种，面额则从一两、半斤，到五斤、十斤不等。

全国粮票不用说了，自然是全国通用；地方粮票则五花八门，不仅印制的形式花样繁多，面额的大小也各有不同。比如山东省的粮票，只限于省内使用，如果出省，就要使用全国粮票，或者以之兑换成当地的粮票才能使用。粮票虽然只是购粮的凭证，本身并不具有价值，且不许在市场上买卖流通。但我所亲历的事实是，在我上初中的七八十年代，粮票不仅可以直接用来交易商品，而且可以私下买卖，甚至每张面额不同的粮票都明码标价。

我从儿时就喜欢读书，初中时虽然年龄不大，却也算是一个资深的爱书人了。当时与我同样喜欢读书藏书的，还有一位名叫赵飞的同班同学。因为有着共同的爱好，我和他自然非常要好，我们一起泡书店，交换各自的课外书，语文成绩也差不多，在班级内都是遥遥领先，只是理科学得一塌糊涂，也就是一般老师形容偏科学生时所说的“瘸腿”吧。

那时候买书，最让我们犯难的，首先是没钱。我的父母和赵飞的父母工资都不高，他们养家尚且捉襟见肘，偶尔给些零花钱，当然远远不能满足我们对书的占有欲。而谎称“学校要收××费”，一次两次还管用，用得多了，也总有露馅的时候。所以，书店不进新书，我们常常盼着；一旦书店进来新书，却又会陷入无钱购买的尴尬境地。情急之下，不免东挪西凑，只要一书到手，也就顾不得许多了。但尽管如此，仍然还是会与许许多多喜欢的书籍失之交臂。所谓“人穷志短，马瘦毛长”，虽然心犹不甘，却只是徒呼奈何而已。

应该是1979年冬天吧，我们盼望很久的一套书，魏巍的《东方》，终于在小城的新华书店上架了。一套三册，当时的定价只有两块三毛钱。但是，两块三毛钱对于我和赵飞，却已经是一个很大的数目了，我们分头筹措，最终所获寥寥。正当我感到一筹莫展之际，赵飞突然间跑过来告诉我：“别愁了，我家有全国粮票。”“全国粮票能当钱用？”我还是半信半疑。“你就别管了，看我的。”赵飞很自信地说道。

原来，赵飞此前不仅已经侦察好家中放置粮票的地方，甚至连销售的渠道也打探得一清二楚。那是一张面额十斤的全国粮票，据赵飞说，可以卖到两元钱，而余下的三毛自然已不在话下。傍晚时分，我和赵飞小心翼翼带着粮票，来到一个偏僻的十字路口，站在昏黄的路灯下守候。果然，不大一会儿，便有一个中年男人过来和我们搭讪。他带我们到暗影处，并用手电筒仔细审视了我们所带的粮票。经过一番简短的讨价还价之后，这张面额十斤的全国粮票最终以一元八角的价格出手。回忆彼时情境，与我经常在电影上看到的地下工作者之间接头的情节约略仿佛。

但不管怎样，《东方》终于到手了。我不知道赵飞是否因此受到父母的责骂，但那套《东方》却着实让我们兴奋了一阵子。有了这次经历，后来在外地上学，我还如法炮制，偷偷卖掉了家中所藏的国库券，从而获得一套装帧精美的《全宋词》。

上海糖果

王淼

我家有一个老式的三屉桌，很简陋的那种，却比我的年龄还要大一些——之所以提起这个普通的三屉桌，是因为在它的身上，承载着我童年时代的一段有关上海糖果的记忆。

我小时候喜欢吃糖果，最常吃的却是那种一分钱一块、糖纸上印有白毛女图案的水果硬糖——这种水果硬糖的俗称是“糖疙瘩”，其硬可知。至于奶糖，虽然更喜欢吃，却绝对属于稀罕的零食，只有爸爸出差，或者有外地的亲戚来访时，才偶尔能够吃到。记得有一次，爸爸单位的陈叔叔从上海探亲回来，来我家做客，特地带来了两盒上海糖果。那是我第一次吃到上海糖果，在那之前，我还从来没有见过那么精美的糖果，有好看的包装，各种各样的花花绿绿的糖纸，即便看上一眼，就能够引出肚子里的馋虫来；我也从来没有吃到过那么好吃的糖果，软糖、硬糖、奶糖、酥糖，各种口味，似乎应有尽有。当着陈叔叔的面，妈妈分给我和姐姐每人两块奶糖，陈叔叔走后，妈妈马上将剩下的糖果尽数锁在了三屉桌的抽屉里。她告诉我们，好吃的东西要细水长流，以后谁表现得好，她会将这些糖果当作奖品奖励给谁。

从此之后，锁在三屉桌抽屉里的上海糖果，自然就成为我和姐姐时常觊觎的目标。有句老话，叫作“不怕贼偷，就怕贼惦记”。有一天早晨，机会终于来了。妈妈平时上班，照例会将家里的钥匙放在窗台的花盆下，这次我和姐姐放学回家，却并未找到钥匙，估计是妈妈一时疏忽，忘记放哪了。我们进不去家门，只好去妈妈的单位要钥匙。正忙于工作的妈妈匆匆掏出一串钥匙，交给姐姐，并交代我们，开门后立即将钥匙送回来，便继续忙她的了。我和姐姐拿到钥匙，却马上不约而同地想到那张三屉桌——哈哈，真是“踏破铁鞋无觅处，得来全不费功夫！”打开家门，我们直奔三屉桌，也马上找到了开抽屉的钥匙。我和姐姐欢天喜地地分享了这次意外的收获，虽然怕妈妈看出来，并未敢多拿，但这次偷来的上海糖果，感觉居然比上次妈妈给的更加好吃。

当然，像这种直接用钥匙开抽屉的机会毕竟不多。不过，姐姐大我几岁，在吃的方面还是颇有心计的，很快，她又想出了新的办法。原来，姐姐仔细研究了这张三屉桌，发现每个抽屉之间都有一道窄窄的缝隙，而从那只未上锁的抽屉，通过那道缝隙，就可以直接将手伸进那只上锁的抽屉里，尤其是小孩子的手，更是进出自如。这个发现自然一下就拉近了我们与上海糖果的距离，我和姐姐再也不必等待妈妈的奖励，就可以吃到上海糖果了。于是，我们就像找到了一处令人惊喜的秘密宝藏，隔三岔五地就会从三屉桌的抽屉里偷偷拿出几块上海糖果，用以解馋。虽然明知拿得次数多了，妈妈总会发觉，但终究还是抵挡不住上海糖果的诱惑，根本无法禁绝。

没过多长时间，抽屉里的上海糖果已经所剩无几。终于有一天，当妈妈要为我们颁发奖品时，却吃惊地发现，那些奖品早已不翼而飞。好在妈妈问明原委之后，并未责怪我们，她只是将剩下的上海糖果悉数分给我和姐姐，并一再让我们保证，今后绝不再犯这样的错误，此事就算过去了。

录像厅

王淼

在我个人的印象中，录像厅既是一个时尚的所在，又是一个诡异的所在。

说录像厅是一个时尚的所在，是因为出没其间的，总是那些小城里最前卫、最时髦的红男绿女；说录像厅是一个诡异的所在，是因为录像厅里的光线总是黑黢黢的，空气中飘荡着幽灵，暧昧中混杂着不安，让人情绪亢奋的同时，却又有一种莫名的期待，似乎总有一些出人意料的事情会发生。

小城里最初只有一家录像厅，设在县城中心的曲艺厅内，据说是“跑外交”的能人老白开的。老白其人，在小城里可谓大名鼎鼎，他原本是一家集体工厂的业务员，时常走南闯北地在全国各地联系业务，刚好赶上那个改革开放的时代，于是，得风气之先，率先引进了在小城里绝难看到的电子表、收录机等各种时髦的玩意儿，不仅自己成为最早的“倒爷”，发了家，致了富，而且在小城里也堪称是要风得风，要雨得雨。而尚被视为“异类”的录像厅，好像也只有能量极大的老白才能够开得来。

包括我的父母在内，一般家长都是严禁自己的孩子去录像厅的，他们不约而同地将录像厅看作不良场所，或者干脆就是一个诲淫诲盗的所在。且不说播放录像的大喇叭直接面向大街挂在录像厅外，其间打打杀杀的声音已然让他们不胜其烦，那些挑衅一般的男女调情的莺声燕语，则更是让他们感到极度反感。但是，严禁归严禁，仍然还是有不少孩子抑制不住自己强烈的好奇心，偷偷摸摸地跑进去看上一两场录像片。所以，当很多父母到了放学时间却依然看不到自己的孩子回家时，他们往往会到录像厅里寻找，居然也总是毫无意外地一抓一个准。

我真正走进录像厅，看自己平生所看过的第一场录像片，录像厅已然存在许久了。那时电视台正在播放香港电视连续剧《上海滩》，但只播到一半左右，却戛然而止，这对于看兴正浓的我来说，实在是一个令人沮丧的消息，好在录像厅里也同样播放着《上海滩》，而我对看完《上海滩》的兴趣，也足以让我将父母所立的规矩完全当成耳旁风。于是，我就在不知不觉中，沦落为父母眼中的“坏孩子”的一员。

说实话，虽然我对《上海滩》有着浓厚的兴趣，但第一次走进录像厅，让我感到震撼的并不是电视剧曲折而复杂的故事情节，而是录像厅内那种被荷尔蒙所笼罩着的特殊氛围——老式的连椅，弥漫的烟雾，又脏又乱的环境，零零散散地坐着一些形迹可疑的年轻人。尽管条件如此简陋，却能够唤起一种平时不敢去想的猥琐、下流的想象，让人莫名兴奋的同时，又隐隐有一种心惊肉跳的犯罪感，以致第一次面对闭路电视的屏幕，我竟然好久都没有意识到自己究竟看到了什么。

不过，有了第一次，第二次，第三次，更多次，好像马上就变得轻车熟路了。我开始隔三岔五地光顾录像厅，既不敢过于频繁，也尽量不要遗漏自己喜欢的录像片。那个简陋的录像厅犹如我青涩岁月的一个隐秘的逃生口，既让我真正领略了什么是花花世界，甚至在某种程度上也完成了我的性启蒙——虽然现如今录像厅已经几近绝迹，但回首往事，我才恍然，原来我们每个人的青春岁月里都有一个属于自己的录像厅啊。

花生

马浩

“麻屋子，红帐子，里面睡个白胖子。”这条谜语还是儿时父亲出给我猜的，瞎猜了多时，也没有猜中，最后，父亲揭开了谜底——花生。从此，便记下了。

花生，那时我们那儿很少种植，虽然吃过，却不知是地里长的，还是树上结的。吃时，也大都是炒熟的，或因不常吃，感觉又香又脆，那是父亲赶集时，买回来的零嘴。

第一次吃的生花生，是村里一位老奶

奶给的，她的儿女都在外当干部，她时常从我家门前过往，总见她披着一件大襟褂子。从门前经过时，我就喊她奶奶，她常夸我嘴甜。一天，我又叫她，她笑眯眯地从大襟褂子里掏出一大把花生给我。

吃时，软绵绵的，一股生腥气，不香不脆。母亲说：那是生花生，多吃几粒就香了，生着吃养胃，不上火。我烦不了这么多，就是觉得不好吃。母亲说：不好吃就别吃了，做种子吧。于是，就在小院里开出了一小块地，刨好坑，在坑里放些草木灰，然后把花生米放进去……在小院里，我第一次见到了花生成长的全过程，从出芽、分蘖、开花，叶是青碧青碧的，与豌豆叶相仿，花是淡黄色的，隐在绿叶里，如只只浅黄色的小蝴蝶。

我以为花生与豌豆角一样，花落了，花生就长出来了。母亲说：不对，花生长在地下。母亲用手扒开果秧子，手指着秧藤上的根须说，看见了吗？那根须扎进土里，就会长出一颗花生来。说着，母亲让我学着她，把花生的藤秧扑倒在地。母亲说：花生的根须扎进土地里越多，结果越多。花生，真的好奇特，名为花生，它却不是因花而生，而是结在根须之下。

有一天，父亲的一位山东朋友来我家，带来一块大圆饼子，说是花生饼。父亲用菜刀费了好大的劲儿，从那大圆饼上切下几小块。我拿起一块，一口下去，“咯噔”一声，疼得我嗷嗷直叫，我感觉那花生饼比青砖都硬。花生饼须得慢慢地啃，一点一点地啃，一啃香味就出来了，喷喷的香，越啃越香。这花生饼，用刀切成片，斩成小块，放在锅里烧稀饭，也很好喝。听说花生饼可以做花肥，太奢侈了吧。后来，我知道花生饼是榨花生油的边角料，就如同黄豆饼，只不过黄豆饼有些酸软罢了。

花生，我们那地方，又称之为长生果，吃了真的能长生吗？不过，花生许多人喜欢吃，倒是真的。在中国，花生拥有大量“粉丝”，无论南方北地。花生，作为年货，是雷打不动的主角。花生还是饮者的知音，不同喜好的人，有不同的吃法，这么说吧，就是想怎么吃，你就怎么吃。花生壳无论鲜干，都可以煮着吃，须花费点工夫，把花生壳洗净，捏开一条缝隙，放入锅中，加入适量的水，然后放八角、桂皮、花椒、味精、酱油、食盐等，花生熟了，味也进去了，面前看着小酒，手中剥着水煮花生，日子有滋有味。当然，有人乐意生啖，也有人喜欢干炒着吃。

花生米的吃法呢？花样就更多了，煎炸烹炒，咸甜由己。浙沪一带人的口头禅："老花生沽老酒，味道毛好得。"山东一带人好言："花生就酒，越喝越有。"

没有哪一样食品，能有花生身上蕴含着的这么多的中国元素，花生浸蕴着太多太多的中华气息、风物人情。远的不说，就是今天，全国各地的许多地方，婚姻嫁娶之时，新人的被、褥、枕头、箱柜……还都延续着放花生的习俗。花生，谐音会意花开而生，意味着儿女双全，子嗣兴旺。

花生，你不仅滋养着我们的胃，也滋养着浩浩的中华文明。

辣疙瘩

马浩

现在，就是冬季，鲜蔬也不缺，按理说，就不必腌制咸菜了，深秋之后，尤其是农人还是要腌制咸菜，这似乎是种传统惯性，或是一种饮食文化。

春播秋藏的时代，人们大都遵循自然的规律办事。食色，性也。饮食，人生头等之事，不吃不喝，人就没法活了，何谈其他。人们为了更好地服务肚皮，想方设法，没有冰箱，没有温室大棚，没有便捷的交通运输，为了冬日有蔬菜可食，先民们就发明了腌制咸菜，美其名曰：菹。菹者，防止鲜蔬变腐烂也。几千年吃下来，习惯成自然，胃便有了记忆，因而，生活之中，咸菜，不可或缺。

在我国不腌咸菜的地方，恐怕没有，我曾在沪杭待过一段时间，秋后，市民们都会买大量的那种高帮青菜，在路牙边晒，直晒得那些鲜菜打蔫了，便开始用大盐腌制。我的家乡，苏鲁交界，秋后，有一种专门用来腌咸菜的菜，乡人俗称辣疙瘩。

我也走过一些地方，恕我孤陋，还没有见到过这种菜蔬，也许辣疙瘩是家乡的特产，亦未可知。辣疙瘩，皮色青灰，状若圆锥，尾部多毛须，模样神似青萝卜，其叶狭长，呈椭圆状，色与根实同，俗称辣疙缨子，无论远看近瞧，不明就里的人，一定会以为是青萝卜，可是不能像萝卜一样生吃。

辣疙瘩，名实相副，其肉质艮且硬，疙瘩一般，咬不动，兼有一股无以名状的辣味，家乡有一词“劝”，或是古音，不过无字。辣疙瘩，实乃天生就是为了腌制咸菜的。

辣疙瘩一般在秋天种，先育苗，白露前后移栽，生长期不长，霜降时节，便可以收获了。辣疙瘩收下来之后，先把缨子用刀割下来，像杭州一带人腌制高帮白菜的法子，腌制辣疙缨子，辣疙瘩的腌制就要费些功夫了，大的，需用刀划开，由于它本身是疙瘩，顽固，在腌制的过程中，每隔一段时间，就要用棍棒搅动一番。在漫长的腌制过程中，其辛辣的个性在慢慢地改变，甜中带咸，咸中隐辣，冬日，随吃随取，切成丝放干辣椒炒，可就稀饭，可卷煎饼。冬去春来，把腌制一冬的辣疙瘩捞上来，晾晒，晒干之后，上锅，加原汁，大火煮，小火焖，通常要两天一夜，那种特殊的香气，不胫而走，足以弥漫整个村庄，其上锅前，肤黄色的，出锅时，黑亮亮的，闪着油光，手感和软，勾人食欲。

家乡所言的咸菜，通常指的就是这种菜，咸菜柳子指的是辣疙缨子。当然，腌制的辣疙瘩，晒干后，不上锅煮，用煮过咸菜的卤汁浸泡，便是俗称的酱菜。其特点是脆，可以直接切成丝，下饭，亦可以加干红椒爆炒，卷煎饼吃，辣，爽，开胃口。

现在，家乡上了岁数的人，深秋了，还是要腌制辣疙瘩的，无论孩子去城里打工，上学，还是在外地落地生根，每回家乡，总要带上些老咸菜。胃口是有记忆的，世事变迁，虽然现代化的交通工具，现代化的信息技术……似已没有什么实际意义上的乡思了，幸而，我们还有牵肠念旧的胃。天寒翠袖薄，日暮倚修竹。生活不能迷失自我，俗话说，要想甜，加点盐。

黑不丑

马浩

牵牛花，家乡俗称黑不丑，也不知怎么会有这种叫法，也许乡亲们太待见它了吧，贱名好养活，害怕它过早地死掉，过去，乡人为自己的孩子也常取个贱名，估计道理相同。

“花者，媚人之物，媚人者殉己。”我的乡亲父老或许早就明白这个道理了，不过没有把它变成白纸黑字，他们通常的做法是，尽人力而听天命。

在门前的篱笆边，随手丢下几粒黑不

丑的种子，怕太刻意了，折寿。黑不丑大约明白主人的用意，一春都不显山不露水，在篱笆上慢慢地爬着，柔弱的青藤翠蔓，俯首低眉的碎叶淡绿，没有行人送它注目礼，似乎正合花主人的心意。

春色，关不住，花，总要绽放。

那是夏日的一天，背着书包上学堂的我，突然发现了篱笆上的黑不丑花，在绿叶间，挺起一只一只小喇叭，蜜蜂飞来了，蝴蝶飞来了，蜻蜓也飞来凑趣……心里莫名地喜欢，没多想就摘下几朵来，转瞬，就把它们揉碎，随手抛掉。

我把这一发现，转告了我的同桌二狗子，二狗子对黑不丑花，似乎一点都不感兴趣，令他感兴趣的是那些蜻蜓。中午放学后，便跑到那片开满喇叭花的篱笆前，寻找栖落在花枝上的蜻蜓。每见，都会蹑手轻脚地靠近目标，大拇指与食指做钳状，慢慢地伸向蜻蜓的尾部，然后手指快速一捏，蜻蜓徒劳地翕动着翅膀，又从母亲的针线笸里寻来细线，系在蜻蜓的尾部，放飞。当然，细线的另一头系着粉红色的喇叭花。

那个夏日，蜻蜓，喇叭花，成了我记忆中的关键词，还有一个叫二狗子的少年。就是那年的暑假，一大早起来，母亲告诉我，我的同桌二狗子淹死了。当时，听了没有太在意，感觉不应该是真的，以为暑假一开学，就可以看到他。可结果是，从此以后，我就再也见不到他了，就像一年后，奶奶撒手离我而去，从此再也见不到奶奶一样。死亡，不再是梦幻般的游戏，不是小伙伴拟作枪杀，让我躺下，然后再爬起来，继续玩耍。

那年的喇叭花开得繁密，一直到开到深秋，蜻蜓飞得很低，在一簇一簇黑不丑的花藤上空。

以后，我是否曾摘过牵牛花送过女生，不敢确定，我敢确定的是，曾送一包牵牛花的种子给一位可人的女孩子，我知道她的家在二楼，曾见过二楼阳台上，有过牵牛花袅娜的身姿，翠蔓上星星点点缀着天蓝色的喇叭花，似向世界宣扬什么，其实，它什么也没有说。

后来，听说那个女孩子出嫁了，离婚了，单身带着孩子，不知道，她可否还有闲情在阳台上，种牵牛花呢。

今年秋，回老家，家乡变化挺大的，弯曲的泥土小路，被笔直的水泥路取代了，公交车就停靠在村西，顺着水泥路进村，路两边都是两层或三层的小洋楼，不过，下了水泥路向村子深处走去，还有许多老土屋存在，我的记忆在那里被续接。很显然，土屋已很久无人居住了，屋前院后，杂草丛生，在秋风里，簌簌有声，院墙上，爬满了牵牛花，独自开落。

也许它没有去刻意媚人，因而快乐地活着，就是想去媚人，也许没有人有空去多看几眼吧，小学生们都在忙着写作业。其实，这样也好，牵牛花可以享其天年。

文章结束时，忽然想起一件事，牵牛花的结子，黑的称黑丑，白的称白丑。乡人称其为黑不丑，也许有此渊源，我曾言乡人为其取贱名好养活，是我的猜度，一如同桌的二狗子，虽起了贱名，却早早地溺水而夭折了。

黑不丑，我家乡的牵牛花，有时，我很想和它吹牛，对话。

黄瓜

马浩

提到黄瓜，让我想起儿时乡下的一首俚谣《四鲜歌》，歌曰：“头刀韭，谢花藕，新娶的媳妇，黄瓜妞。”俚谣把嫩黄瓜列为鲜，大约不是翠嫩的黄瓜多么令人嘴馋，乃因其罕而鲜。物以稀为贵，人们不免要添加一些想象。

小时候的乡下，黄瓜难得一吃，偶或有人在自留田里种两畦，不过是为了换取点油盐钱，舍不得吃，卖盐的老婆喝淡汤。有时，在土堰玩耍，看到堰边谁家的自留田里，一架架茂密的黄瓜秧藤间隐约着明艳的黄花，想象着藤叶间缀着鲜嫩的黄瓜，心底便逸歪念，可有贼心没贼胆，只对那顶花带刺的瓜儿意淫。

那年初夏，早饭后，照例几人结伴去上学，半道遇见一卖黄瓜的，于是，一哄而上，心照不宣地围上了瓜挑子，只见那根根细长的黄瓜，如窈窕淑女半倚在竹筐中，巧笑倩兮，美目盼兮，摄人魂魄。我们便成了卖瓜者的影子，他行，我们就行，他停，我们就停，这似乎不仅仅是为了一解眼馋，终于得了手，而今想来，不觉其耻，颇感有趣，几人此地无银般地掩护着得手的同伴，待吆喝声远去，把战利品拿出来，在那瓜身之上，按人头划痕，一人一口，不许咬过。那根黄瓜的滋味似乎依旧在唇齿间。

有一段时间，见到他人种黄瓜，心里羡慕得不行，总想着自家也能种，想想一畦畦的黄瓜，都属于自己，想吃随便摘，多美。我曾把此念说于父亲，父亲一口回绝，黄瓜不能当饭吃。不承想，若干年后，父亲却痴迷于栽种黄瓜，还买了好多种有关的科普书，抽空就拿出来啃一啃。我知道，父亲过去坚决不种黄瓜，为了过日子，而后又爱上了种植，为的是把日子过得更好。

俗话说，处处留心皆学问。黄瓜随便种，容易，要想种好，种出钱来，另当别论。父亲好学，又工于实践，很快，他便成了这方面的行家里手，很有一套自己的心得。

三九隆冬，植物的种子正在冬眠呢，父亲便把黄瓜种早早地叫醒了，让它喝足了温水，然后把它们放在一种特制的纱布小袋里，扎在腰间，用体温催芽。大约一个礼拜，瓜芽破壳，这时，育秧的炕棚早已准备好了，棚外寒风凛冽，棚内春意盎然，当然，这都是拜父亲早晚的炕火所赐，冬天原来是怕火的。我对下芽、择苗、锄草、松土、喷水之类，不感兴趣，不喜欢做，也做不来，这些活都有一定的含金量。我最乐意做的，就是过了年之后，秧苗已移栽进了大棚，插好了瓜架，瓜苗的触须引领着袅娜的藤秧，沿架攀缘而起，瓜花满架，父亲浇水时，我看沟子，在瓜垄里穿行，毛茸茸的瓜叶挠着脸，痒痒的，看着一根根顶着花冠的瓜妞，格格似的，前呼后拥，心底有着言不出的快意。父亲说，你用心去听，就会听到黄瓜生长的声音，我却听不出来，我想父亲肯定能听到，不过，在我的眼里却能够得到验证。头天晚上浇水时，瓜不过寸，次晨，瓜已盈尺，这丝毫也不夸张，那根根翠嫩的黄瓜，顶花带刺羞掩在绿叶间，真如怜人的新嫁娘。

采摘也有学问，采晚了会影响下茬瓜的生长，延长上市周期；早了呢，瓜个未足，影响产量，口感也略有青涩。如此看来，俚谣四鲜歌中的黄瓜妞，大约是始作俑者为了合辙押韵，否则，那就是闭门造车，黄瓜鲜嫩，当数二八妙龄，涉过青涩而青春正当，珠圆玉润，此时采下，刚好，这需感觉，不可造次。黄瓜，据说是张骞出使西域时带来的方外之物，古称青瓜、胡瓜，为避石勒的讳，改称黄瓜。黄瓜实乃名不副实，不过，也非哗众取宠，倘若真的名副其实了，那就真的成“老黄瓜”了，与鲜嫩相去甚远，想想实在有趣。

油菜花儿开

马浩

油菜花，我喜欢。

不经意间，油菜花就把春天推向了高潮，我不敢想象，春季若少了油菜花，会是怎样的一番情景，我想至少会让人觉得清冷。油菜花的热烈，喧闹，大大咧咧的气派，是所谓百花仙子身上所不具备的。油菜花，花中的“草根”一族。

油菜花，从来不挑地，种子撒落之所，秧苗所丢之处，田间地边，山坡岭头，河滩大淖……皆能随遇而安，且能把那种乐观向上的精神，传递给身边的花草杂木……

天南地北，城郭郊野，穷乡僻壤，即便是你怎么想也不会想到的地方，它都能想到，殷勤备至，它所到之处，春便不会羞羞答答。春日，我曾乘坐列车，北上南下，列车奔驰着，山川河流一律逆着时针从我的眼前一幕幕划过，柳枝才抹鹅黄，草色影影绰绰，红花蓝朵偶或点缀，瞅着瞅着，眼便倦了，心便厌了，此时，明黄黄的油菜花就会适时拥向车窗，眼睛立马被目前的金黄点亮，心为之激动莫名，远远近近的油菜花田，三角形、长方形、正方形、菱形、圆形、梯形、无规则形……就像围棋的眼，整个大地都盘活了，像一只奔跑跳跃的八角梅花鹿。

油菜花，为何会有如此的魅力？它身上有何过人之处呢？

细细想来，油菜花的播种、生长、开花、结籽，似乎很寻常，也许正是这些不起眼的平常累加，造就了油菜花非凡的辉煌。

一般农作物，大都是春播秋收的，油菜花，却是头年秋撒种，老农随便开垦一片土地，哪怕是在路牙边上，细小溜圆的油菜籽，鱼子一般细小，却有着强大的生命力，无论多大的土坷垃，无论多粗粝的石子，对油菜籽来讲，都不是问题，细细的芽，见缝插针，及至出叶，便把厚密的油菜秧拔出来，随手栽在他处，秧苗似乎也从不挑剔地点，就着秋露，顽强地生长着。冬天，即便是粗壮的乔木也大都休眠了，油菜花却不，只要有冬阳轻轻地爱抚，它就会不停地生长着，它把冬雨作为甘霖，视大雪为棉被，根拼命地往土里扎，铆足了劲，等待着春天……

不知因何，看到拥抱春天的油菜花，无端地想到在地铁卖唱，唱到春晚的小月；想到在东北风里搬着砖头，却爱唱《春天里》的旭日阳刚；想到在流水下走上星光大道，把民族风炫到海内外的凤凰组合；想到“以一米见方的铁皮家当，为慈善煽风点火”的阿里木；想到最美女教师张丽莉；想到传承雷锋精神的矿工郭明义；想到我们小区门口做烧饼油条豆浆的阿二……

春天的百花园中，不能缺少油菜花，其魅力正是它本身所具的“草根性”，正如社会大家庭中，不可或缺蕴含在平凡中的正能量，可歌可泣的励志精神。油菜花开了，开得清纯、朴实、真诚、热烈，因而，春天让人倍感亲切与温暖，名副其实。

缸

马浩

前段时间，回了趟老家，见廊檐下排着几只水泥缸，大大的肚子，空空如也，不禁感慨系之。

缸，有陶制品、瓷制品，后来又有水泥制品、玻璃制品……在乡村，陶缸，缸体小，盛小红豆、小绿豆、黄豆、芝麻之类的小粮食。瓷缸的用途广，据缸体的大小，有盛腌菜的咸菜缸，盛水的水缸，盛粮食的粮食缸。盛粮食的缸，俗称金刚腿子，缸体大，小麦足足能装四百余斤。

小时候，水缸似乎家家必备，都放在院子里，有条件的人家，有缸盖子，通常是木制品，也有用梃子（高粱的稍）穿成的，多数人家是敞开着的，常有落叶浮在缸水上，缸里的水，多是在河里挑来的。那时，井水很少有人吃，河水是长流的水，甜，不像井水，涩、碱，有时，河里涨水，水浑浊不清，便用劈开的高粱秸夹着块明矾，在缸水里搅一搅，此事，我最喜欢干，有一段时间，就盼望着河里涨水，手攥着高粱秆，把水缸里的水搅得泛着漩涡，极有趣。有时，在外玩渴了，随便推开谁家的大门，跑到院子里，咕咚，咕咚，来一水瓢，家主见了，说，锅里有凉茶（冷开水），不要喝凉水，谁会听从呢？回一个笑脸，夺门而出。

院中，除了水缸，还有咸菜缸，在屋山墙的背阴处。平时，没有客人来，是不动小锅的，吃饭时，便到咸菜缸边，捞咸菜卷煎饼，夏秋时节，饭桌都省了，蹲在院子中，抱着煎饼吃，渴了，舀一瓢凉水，水足饭饱，该干吗干吗去。

那时，屋里是陶缸，是细粮的存放地，像小麦、大米……不知何时起，家里添置了大瓷缸，而今想来，应该是分田到户之后，家里的粮食多了，没有地方存放，父亲还是有点商业意识的，他砍伐了自留田边的树，打了一副加长版的平板车架，做瓷缸的生意，从山东枣庄一带的缸窑厂拉来瓷缸，到沭阳一带换小麦。

记得那年暑假，我好奇心驱使，非要跟着父亲去，母亲说，带着给你看车子，父亲纠缠不过，便只好带着我。我拉着偏经，绳子都打网，根本就吃不上力，半道上，我的兴奋劲就过了，方才觉得前路好漫长，原来走路也不是那么简单的，父亲只好把我抱在车上，夏日，柏油马路泛着水雾般岚气，父亲弓着背拉车，脊背的汗水湿透了小褂。

没两年，大瓷缸就被水泥缸所淘汰，水泥缸，成本低，又大，一只水泥缸所装的粮食是大瓷缸的两倍，就是说一只水泥缸可装小麦八百斤，水泥缸风行的时候，父亲买了四只，装三千余斤的小麦，小菜一碟。

父亲置办这些缸时，是当作祖业货的，他用二号铁丝箍好每一只缸口，以期千秋万代，有了这么些大瓷缸、水泥缸，装满了粮食，吃就不用愁了，吃不愁，穿就更不用愁了。有时，父亲感慨着：好日子，都让你们赶上了。

俗话说，十年河东，十年河西。父亲万万没有料到，就像水泥缸淘汰大瓷缸一样，水泥缸的命运比大瓷缸更惨，直接无用武之地，与水缸成了一对难兄难弟，自来水的龙头一拧，水就来了。官出民，民出土。

成了老皇历。土地被征收，粮食买着吃。

倒是小巧精致的玻璃缸，走进了农家，始料未及，过去，只有在电影中偶尔见到，似乎遥不可及。父亲一辈子好花草虫鱼，院中种植花花草草，不起眼的那种，咸菜缸里种满金黄小朵的太阳花，有的，还是在河边挖来的枸杞，种在小陶缸里，已修剪成形，别说，与陶缸很配。屋里的八仙桌上放着养金鱼的玻璃缸，倒是显得不伦不类，不过，大红尾巴金鱼倒是没有什么感觉，悠然地在缸里游着。

钢笔

马浩

朋友赠我一支钢笔，英雄牌，笔身金黄，掂在手中，沉甸甸的，那种重无关笔体，似乎积淀着岁月的过往，让人的心，亦跟着慢慢地下坠。

前不久，在网上与一友闲聊。还用笔写字吗？用。我答。用什么笔？我就告诉他，用那种一次性的圆珠笔。用过钢笔吗？他这么冷不丁地一问，好像一下子点中了我的哑穴，一时竟无言以对。虽然我每天都会用笔写字，别说，近年来，还真的没有使用过钢笔。

一次性的笔，用起来方便，五毛钱一支，经济又实惠，估计这也是当今社会的主流价值观，快餐式的生活方式。

钢笔，曾叫自来水笔，而今想来，那也是一种商业广告，它哪里会自来水呢？估计相对当时的蘸水笔而言的，现在，蘸水笔已掩入了岁月的风尘。

钢笔一度是学识的代言者，那时，有知识的人喜欢把钢笔挂在上衣的口袋上，以示与众不同。那阵子，曾流行一句口头禅：一支钢笔是学生，两支钢笔是老师……根据口袋上挂钢笔的多少，来判断一个人学问的深浅。国人的表面功夫，向来都很了得，流行大哥大时，大街上，成功人士都会手握“大砖头”，苹果来了，排队去啃苹果……

那时，中山装上能挂着两支钢笔，走在大街上，腰杆就比一般人要挺，底气也足，腹有诗书气自华。

学校里，老师在办公室里批改作业，办公桌上，高高一摞作业本，老师手捏着长长的硬杆蘸水笔，红色的墨水瓶在面前，翻看作业本，在纸面上，勾勾画画，潇洒自如，一度让我觉得好玩，却不知道，笔不过是老师手中的工具，是知识指挥着笔的动向，教书育人，不是为了好玩。

总是渴望着拥有一支自己的钢笔，可以挂在褂子的口袋上。父亲说，你上四年级时，给你买钢笔。因何非要到四年级呢？终于，按捺不住对钢笔的向往，借同桌的钢笔，过一过钢笔写字的瘾，拿过钢笔，拔下笔帽时，一不小心，笔帽掉在了地上，低头去寻，一脚踏了上去，可怜的笔帽一下子就粉身碎骨了。

一向友善的同桌，翻了脸，让我赔偿，问修理钢笔的师傅，配个笔帽，要两毛钱。我哪里有两毛钱呢？又不敢向大人开口，一时无计可施。同桌说，你得每天来喊我上学，放学一起走，一起玩，不许跟别人玩。一支小小的钢笔帽，我便卖身为了奴。

自己拥有钢笔，是五年级的事了。九毛八分钱一支的钢笔，我亲自去公社的供销社买的，浅灰色的笔身，捧在手心，如捧着一块糖果，心底充满了无言的蜜意。那时，正流行编织钢笔套，用那种有色的毛线编织的，顶上可以缩口，钢笔装进去，上口一缩，钢笔便美美地躺在套子里了，可惜，我的钢笔从来没有享受过此种待遇。

校园里，曾流行在钢笔上刻画，用现在的话说，叫彩绘。

我没有再委屈我的钢笔，记得，我花了一毛钱，让绘画师傅在我的笔身上刻画了两根翠竹，一只熊猫。自此，我迷恋上了钢笔刻画，我在修车行寻到半截车辐条，用锤子砸扁，在磨刀石上磨锋利，用布条缠上把，便在竹竿上练习，然后，在我的钢笔上实习，柳丝飞燕，兰草杂卉……居然，让我拥有一帮追随我的粉丝。我曾经的那位同桌，每天都来喊我去学校。

喜欢钢笔，爱屋及乌，字在笔下就不会太狼狈。看来想学好什么，首先要自己喜欢、热爱，否则，千万别勉强。其实，学习知识，研究学问，归根结底还是做人，都说字如其人，字要写好，不易，做个堂堂正正的人，何尝不是呢？一撇一捺，看上去简单，简单的字，最难工，这似乎是人们的共识了。朋友以钢笔相赠，我想他的本意，是让我写好字，作好文，而今想来，或许别有深意，亦未可知。

石磨

马浩

在我家的小院里，有一座很别致的假山。

说到假山，人们通常会联想到那些七洞八孔、奇形怪状的太湖石，非也，或许你做梦都不会想到，俺那点睛小院的假山，乃一件老“古董”而为。那件老“古董”，是一件新石器时代的遗物——石磨。

前些年，翻盖老屋时，一直盘踞院中的石磨有些碍事，就把它搬到一边去了，好像它也没有什么异议。小楼落成，整修庭院时，简直就没有它的立锥之地了，我要把它丢弃了，老父不舍，他老人家说，它可是立家之宝。是啊，石磨喂养了我们几辈人，给我留下了太多太多的记忆，细瞧，便觉得它可亲可爱了，可它占地过大，又十分笨重，怎么也不好安置，苦思冥想之时，忽而动了灵机，它的职能就此发生了转变。有它装点的小院，确实就非同一般了。进入大门，它便是焦点，三块青石支起磨盘，磨盘里两片磨呈十字状链起、环立，巍巍乎，犹如异峰突起，山前一簇菊，山后一丛竹……这一切都是赋闲父亲的心血，一院的花花草草，五颜六色，氤氲着农家生活的情调与滋味。

一日，老父带着女儿在小院里浇花，女儿似乎突然对石磨感了兴趣，便好奇地问父亲："这是什么？"

"石磨。"父亲浇着花漫不经心地回答。

"石磨是什么？"

……

在屋里，我听着祖孙俩的对话，若有所思，勾起了我对石磨的无限记忆。若干年以前，我曾以"石磨"为题，写了一首小诗，其中有这么几句，"推磨 / 俗称赶磨山集 / 这集不赶已有多年／煎饼依旧喷香。”短短的二十余年的光阴，石磨已寄存在我辈的记忆里，而对于下一辈，便成了遥不可及的故事。

小的时候，我曾有个伟大的理想，那就是不要推磨。

那时，农村还是大集体，白天，大人们要在田地里耗时光，挣工分，赚口粮，就像我们家，兄弟姐妹五人，都张着嘴等着吃呢，就指望着父母多挣工分了。我是家中的老大，在家里，自然要分担父母的一些家务，诸如刷锅洗碗、照顾好弟妹之类，尤其是需推磨的日子，人口多，推磨特勤。记忆中，似乎天天放晚学之后，我都要把头天泡在大缸里的山芋干捞上来，放在扁竹筐里，垫好砧板，斩成碎粒。说到山芋干，在此插上两句。那时候，山芋是主粮，秋后，家家分得成堆的山芋，一时半会吃不完，山芋易腐烂，不好存放，人们就把它刨成片，摆放在田野里晾晒，秋高气爽，不几日就晒干了，白花花的山芋干存放在家里，农人的心就踏实了。民以食为天。

鸡叫三遍时，我常被父亲从梦乡里拉起来，抱着一根磨棍，走着无穷无尽的磨道。其实，父母也不忍心，可是没有办法，俗话说放屁也能添风。有时，我在磨道上走着走着就梦起了周公，磨棍就戳了糊子，此时，父亲就会一声怒喝，我一个激灵，睡意暂消，过一会儿，故技又重演。更多的时候，父亲会讲故事为我驱困，有些故事至今不忘。过去，父亲经常挨饿，夏日，他常到田野里铲竹麦草当口粮，把草铲回家，洗净、斩碎，掺着少许粮食上磨推，磨出来的草糊糊碧绿，烙出来的煎饼，又厚又绿，就如一张张厚厚的草皮，吃到肚子里，为了撑胃，没什么营养，也不抗饿，不过，有的吃就不错了。春天，青黄不接的时候，家中没吃的了，就吃刺槐树的花与叶，有人吃不服，吃后，浑身浮肿。父亲在讲这些故事时，我能明显地感觉到石磨轻了许多，我须加快步伐，才不至于掉磨棍。磨声，在父亲听来，简直比音乐还动听，而我在呼呼的磨声中梦想着，何时不再推这该死的石磨。

时光流逝，80年代后期，村子里有了首家电磨铺子，自此，家中的石磨就下岗了。

石磨静静地闲置在院中，它似乎还梦想着重出江湖吧，可它做梦都不曾想到，我会把它制作成了装饰品，点缀着我们的生活。女儿现已不知石磨为何物，我想她有必要知晓，在五彩缤纷的生活中，记忆能使人清醒，令人脚踏实地。有时候，决定前进方向的，不是缀满鲜花的前途，而是遗落身后的那些艰涩的屐痕。

星空下的歌声

张惜妍

月亮的光给大地镀上了一层清辉，广阔的田野在秋风里散发着干爽清冷的气味。大地无言，正是秋与冬、暑和寒更迭的季节。马路上响起“嘚嘚”的马蹄声，划破了夜晚的寂静。这声音越走越远，走进了夜幕深处，终于在回忆里盘踞下来。

我的家毗邻218国道。在我的童年，一年四季，黄昏和夜晚总是在歌声的飘扬中到来的。尤其是夏天，黄昏时分，从农田下工回家的男女老少，走路的，骑自行车的，赶驴车的和坐马车的，即使疲惫的身躯沾满灰尘，传出的歌声依然高亢嘹亮。夜间的歌声更是热闹，好像一切没有睡下的人都在歌声中寻找自己的依托。那些此起彼伏的调子从来没有离开过我的耳朵。每当夜深人静，月光隔着窗子把葡萄叶的影子洒在我脸上的时候，歌声婉转而来。我虽然听不懂歌词是什么意思，但仍然能分辨出唱歌的是浇水的还是扬场的，是赶路的还是乘凉的，是喝醉还是谈情的，更不用说男的和女的，老的和少的，喜悦的和悲伤的。

印象最深的是深秋时节，伊犁的夜是寒冷的，赶着马车拉煤的人在星空下唱出忧伤苍远的旋律。你想啊，路太长了，看不到尽头，又冷又饿，走夜路怎么能不放声歌唱呢?

这些赶马车的人都是壮年的维吾尔汉子，通常三五个人结成一队，也有独行的，从秋收后就开始出发了，日夜兼程。我不知道他们从哪里来，到哪里去。我在放学路上见到的赶马车的汉子都是一样的，脸色黝黑，戴着皮帽子裹着棉大衣，脚上穿着毡筒和套鞋，腰间扎着绳子，棉大衣和马车上的煤块是一个色系，整个人就像是从煤坑里刚爬出来的。

马车上码放着大煤块，煤块摆放齐整，缝隙很小，可以看出干活人的精细。除了装馕的布袋，军用水壶，几捆草料，马车上再没有多余的物件。赶马车的汉子有时候斜坐在车架上，任由马慢悠悠地踱步；有时候精神抖擞地步行，与马并排，时不时拍一下马的脖子，像亲密的伙伴在同行。更多的时候，在黑夜里，赶马车的汉子手拎着一瓶大曲，喝上几口，从口腔里传出被酒浸润过的歌声——他唱起来了，其他人跟着合唱起来，唱着青春的流逝，唱着生活的艰辛，唱着亲人的思念，唱着姑娘的眼睛……

夜幕里，赶马车的人高声唱着歌从国道上走过，歌声隔着白杨林、隔着院子、隔着菜园传入我的耳鼓。《黑黑的眼睛》《故乡》《沙枣树下》《伊犁河的月夜》……歌声时而沙哑，时而高亢，时而舒缓，像一个个波浪涌起又落下，包含着希望、企盼、离弃而又不甘心沉默的坚持与痛苦。他们嘶哑的、呼喊式的歌声，常常使幼小的我无端地落泪，还有比落泪更沉重的心灵的战栗。常常，我在欢愉的旋律中睡去，又在孤独的嘶喊声中醒来。在那些童话一样灿烂而神秘的夜里，我沉迷在歌声的气息里，那种来自生命深处的清冷和悲恸感动着一个不懂音乐的孩子。

一年又一年的秋冬，一队又一队的赶车人从国道上走过，从我的视线和耳膜中穿行。那些拉煤的人走在遥远的路途上，漫长的黑夜，歌声让他们温暖，让他们期盼，让他们感觉到家离得不远，苹果树下的泥灶上炖着骨头汤，妻子在巷口等着呢。到煤矿拉煤是个苦活，那些人都是养家糊口的忠厚汉子。我知道巷子最东边的阿布都拉大叔就是其中之一，白杨树叶开始泛黄，苞米秆子堆到巷子里的时候，他就一趟一趟地给巷子里的人家送煤了。我们年年冬天的炉火，就是他挨家挨户堆卸在大门口的煤块点燃的温暖。阿布都拉大叔收钱的时候，谁家有小巴郎在跟前打转，他就出其不意地伸出黑手调皮地在小巴郎的脸上抹一把。他手里的钞票，都是皱巴巴的、沾着煤灰的。他也喜欢唱歌，有一副好嗓子，每当雪后初晴，他带着孩子们上房顶扫雪，第一声嘹亮的歌声就是从他的喉咙里唱出来的。孩子们也跟着唱，邻居们也加进来，哄笑的、跑调的、打口哨的、隔空喊话的都插进来，时断时续的曲调里，房顶上的雪哗哗地落到房背后的水渠里。当主妇们仰着脖子喊着下来吃饭时，一场轰轰烈烈的扫雪劳动才算结束了。那些在路上行走的车夫，在我眼里都是阿布都拉大叔，我与他们感觉如此亲近，他们和我的父辈一样，有责任，有叹息，有各式各样的经历，有各式各样的情感，有各自的爱，眼泪和梦。

有一年冬日的下午，家里的大人都去参加巷子里一位老人的葬礼，我一个人在家，屋子里炉火红彤彤的，一壶开水咕嘟嘟冒着热气，炉灰里埋着洋芋，散发出香味。有一个赶马车的壮汉走进了院子，棉大衣被煤灰掩盖了原来的颜色，脸上也是煤灰粉尘，露出一双蓝灰色的眼珠。我一点儿也没有惊慌，撩开门帘让他进屋。他在炉子旁坐下，搓着黑手烤火，我感到了他身上散发的寒气。我兑了一盆热水，做了一个让他洗手的手势，他的手伸进去的瞬间，清水就变得混浊墨黑。我沏了一碗奶茶递给他，又切了几块馕，抹上酥油和蜂蜜，放在洋炉盖子上烤，屋子里弥漫着腥甜的香气。他吃完以后，拿出水壶递给我，我给他装满热茶，又从煤灰里刨出两个烫手的洋芋，用旧报纸裹上塞给他。走出院门的时候，他回头看我一眼，对我笑了，露出一口白牙，自始至终，我们没说过一句话。

三十年以后，当我留下孩子一个人在家的时候，我一定会叮嘱一句千万不要给陌生人开门。我并没有忘记自己在她那个年龄曾经在严寒的冬天打开房门，用一碗奶茶温暖过一个陌生的赶路人。那时候，人和人之间是友善的，没有戒备的，这样的事比比皆是。可是，面对她无邪的眼睛，我无法向她解释明白三十年的社会变化，就像她的童年与我的童年注定是不一样的。她住在城市的水泥堡垒里，从来没有见过赶马车的夜行人沧桑的背影，也从来没有听到过星空下的歌声多么动人心魄。

成年以后，我去过很多地方，那些有着各种各样地域文化和千年传说的名胜古迹依然吸引着我。可是我词不达意的文字从来都没有离开过我的伊犁，伊犁的土地上有粗犷丰厚的生活内涵，伊犁人有一双粗粝的手、一副挺直的身躯，还有一颗纯朴的、粗粗拉拉的、多情的心。这是来自我的童年和少年时代那些夜行人的歌声给予我的启蒙和教育。阿布都拉大叔去世两年多了，我有一次陪妈妈回乡里参加巷子里邻居女儿的婚礼，遇到了他的大儿子，他右手抚胸向我妈妈问好。那一刻我有一种时光倒流的恍惚，四十多岁的他和他的父亲真的太像了——那卷曲的头发，那调皮的笑容，当然穿得要比他父亲光鲜多了。马车拉煤的年代早已过去，从我年少的光阴里走过的那些赶马车的人也都很老很老了吧。他们在星空下唱出的那些欢欣与哀愁的，那些忧郁和神妙的，那些孤芳自赏与顾影自怜的，那些不屈与梦想的歌声在我的记忆里沉睡，又时时刻刻提醒我，擦掉眼泪放声歌唱吧，生活像苹果一样香甜！

失去星光的明澈和滋养，大地的夜晚该有多么黯然冷寂。住在天边一样遥远的伊犁人是何其幸运，他们诞生在一个多么智慧的民间啊。这片土地即使地域荒远，文明被阻隔，他们依然用歌声与苍穹对话。这是只属于边疆的一种生活方式——走夜路的时候，干活的时候，聚会的时候，出嫁的时候，失意的时候，离别的时候，总是情不自禁地放声歌唱。他们不需要舞台和掌声，山坡、田野、桥头上、水渠边、葡萄架，那是多么舒服自在的舞台，高耸的雪山，无垠的土地，坚硬的石头，滔滔的伊犁河，杂花和野草，鸟雀和羊群，亲人和邻居……都是听众。前方的路那么长，四季轮换不停歇，地种也种不完，麻烦今天解决了明天还有，在那巨大的空间里，如果不唱歌，卑微渺小的人儿怎么确认自己呢？爱情和力量又从哪里来呢？

她的眼睛

张惜妍

我童年的记忆犹如春光，在雨丝一样的往事里，常常涌出来照亮灰暗的天空。

那个小村子，那条巷子，有这样一户人家，男人是接骨匠，女人是个盲人，他们有个独子叫发子。邻居们叫男人发子爹，叫女人发子妈。外人串门找谁家时，指路的人就会说："就是发子妈他们那条巷子进去第几家。"

他们是那个巷子的名片。

那时候男人五六十岁吧，络腮胡子盖

满下巴。除了下地干农活，他还给找上门来的人接骨，察看伤情后，配上草药涂抹，打上绷带。伤者家属随便给多少钱他都不在意。夏天的黄昏，下地的人回来，偶尔带回来一两条蛇扔给他，他就蹲在大门口取蛇胆。我们一群小孩子围着看他剖蛇，他会示意我们摸摸，胆小的就往后退。他用微笑望着我，我的小手胆怯地伸向蛇光滑冰凉的皮肤，然后，在他的眼神鼓励下，帮他提着蛇，看他剥皮、取胆。回家后，用香皂洗好几遍手，我才敢拿馕吃。下一次，听说有蛇，不管在玩什么，总是撒开脚丫就跑去了。一年到头，四邻八乡总有人找他接骨，他需要好多蛇胆配药。

发子爹常年咳嗽，妈妈说他得的是气管炎。咳得厉害的时候，他的胡子上溅着痰，从中山装衣兜里掏出皱巴巴的手绢，一边喘一边擦。往往这个时候我们一群肆无忌惮的孩子正在他家的果树上上蹿下跳。没几年，他死了，在他死以后很长一段时间里，还有人慕名来找他接骨。

发子妈瘦小单薄，什么也看不见。她给爷俩做饭洗衣，还给人带孩子。村里有几户公家人，他们的孩子就放在发子家，让发子妈给带着。每天，巷子里的人都能看到这样一幅画面：阳光透过高大的白杨树洒在斑驳的土路上，两个五六岁的小女孩一左一右牵着发子妈，身前身后跳跃着两三个男孩。这些毛孩儿是发子妈的眼睛，护送发子妈到我家找我奶奶。两个小脚老奶奶坐着拉话时，一群孩子在院子里疯玩，到晌午了，又前呼后拥地回去了，天天如此。

那会儿的人和现在想法不一样，没有人顾虑一个盲人带孩子是否安全，饭菜是否卫生，她们都那么信任善良的发子妈。一拨孩子上学了，又一拨孩子送来了。她带过的孩子，总在大年初一爬起来，争着抢着第一个去给她拜年。放学路上遇到她，还会牵她的手送她到要去的地方。即使在发子爹死后，发子也没有辍学，这些乡亲给发子妈的保姆费，把发子培养成了一名教师。奶奶经常让我给发子妈送菜，果树荫荫的院里，孩子们围着发子妈叽叽喳喳不消停。

发子妈已经六十多岁了，她佝着背，花白的头发在风里飘着，连她自己都说不清带大了多少个孩子。她终于苦尽甘来，儿子娶了媳妇，有了孙子。媳妇也是老师，很贤惠，邻居们说，发子妈算是熬出来了。她乐呵呵地带着孙子，依旧每天背着孙子来我家玩。放学以后，胖孙子就在我们这些大孩子背上传来传去，在我们的皮筋、毽子飞舞中，时光如梭，小的长大了，老的更老了。

发子妈也死了，在一大群孩子给她拜过年以后的一个飘着雪花的午后，邻居们送走了她。她带过的孩子大大小小戴着孝布跪了一大片，巷子里女人们抹着眼泪说，发子妈这一辈子没有白活，这些娃娃都是她的眼睛。

一年又一年，小巷和从前一样，经历着人间的生离死别和大自然的风霜雨雪，苹果树依然在春天静悄悄地绽放。

闪光的日子

张惜妍

呢喃的燕、飞扬的麦粒、墙角的坎土墁、晚风中飘扬的炊烟、灶台上焦黄的奶皮子、眉毛涂着奥斯曼的小丫头、打羊髀石的儿娃子，唱着忧伤情歌赶马车的男人、葡萄架下搓拉条子的女人、拄着拐棍晒太阳的老人……这些留在记忆里的碎片，拼起来是一种叫“日子”的东西。

这日子是金色的，是如今染着麦草黄头发却从来没有见过麦草的小年轻们从来没有经历过的。

农民们在麦田里头顶烈日挥着镰刀收割麦子的时候，小孩子却是满心欢喜的。父亲买来一马车的西瓜，用麻袋装着，孩子们涌上去抢着往床底下滚。梨木果子在枝头笑，葡萄染上一抹红晕，偷吃会酸倒牙齿。男孩子下河洗澡，女孩子比着谁的花裙子好看，对孩子来说，还有什么事比暑假来了更过瘾呢。

宽宽的巷子都是土路，两边是粗壮高大的白杨，渠沟虽然窄，潺潺流水却清清凉凉。勤快的母亲们把自家门前打扫得干净利落，大门两边种着海娜花、大丽花、美人蕉、夹竹桃，一条条巷子悠长洁净，两边花团锦簇。打完麦子，家家门口堆起高高的草垛，金灿灿的，这是牛羊过冬的粮草。傍晚，草垛成了孩子们玩打仗的战壕，一群群的孩子尖叫着，从一个草垛冲向另一个草垛，还顺着梯子爬到房顶上往麦草垛上跳，比试谁勇敢。二十年后，我在大连第一次玩蹦极，在五十米高的跳台上吓得打着哆嗦不敢跳。想起来童年跳草垛的情景，真是年少无畏啊，跳进去就找不见了，好几个伙伴扒拉半天，拽出一个草人来。“喂喂喂，土匪一个样儿！”阿琪古丽大妈仰起头看着，惊叫着摇摇头，舀起渠水浇花。

主妇们这时都做好了晚饭，站在大门口，唠着家常，迎接劳动一天的丈夫，也迎接牧归的奶牛。这里的人过日子是离不开奶茶的，伊犁的农村谁家没有奶牛呢？牛是必不可少的家庭成员，到了巷口就认得自家的大门。放牛的老汉大多是五保户，受人尊重，主妇们时不时还塞给放牛老汉一个馕、几个西红柿或是一把芹菜。

农村的黄昏，温馨的家庭生活画面就是从奶牛回家这一刻展开的：爸爸坐在葡萄架下，光着背喝着酽茶，妈妈牵着牛穿过菜地，我拎着水桶跟在后面。那时候妈妈真年轻，头上裹着花头巾，裙摆摇曳，沐浴在余晖里，白净的脸上漾着笑，夕阳给她的轮廓镶上一层金色。她双手灵巧地揪住奶牛的乳头上下跳跃，一股股白色的液体喷射到水桶里。现在想起来，那就是所谓的“现世安稳，岁月静好”吧。

新麦面磨回来，第一顿饭是最香的，家里的气氛喜气洋洋。掀开锅盖，雪白的馒头结着一层黄金甲。我在灶下烧火，蹙着鼻子吸麦子的香味，一把把麦草化作红彤彤的火苗在灶膛里跳舞。即使那灰不溜秋的草灰都能派上用场，奶奶把凉透的草灰收起来，拌上盐水，水桶里泡着鸭蛋，我把鸭蛋洗净捞出来，看奶奶用黏糊糊的草灰裹鸭蛋，整齐地码放在坛子里。入秋以后，咸蛋就端到早餐桌上，渗着油的蛋黄也是黄澄澄的。

白杨树的叶子黄了，地上落下厚厚的一层，像一个个大蝴蝶随风旋转，小女孩把树叶穿成长长的串儿，当水袖甩着，闹着玩。不知谁的妈妈一声呼喊，呼啦啦都跟着跑去。有一年，网络上流行起一句话："贾君鹏，你妈喊你回家吃饭！"看到以后，我笑着笑着眼眶就湿润了——我所经历的童年，这样亲切的呼唤，就在耳畔，穿过悠长的小巷，穿过时光长廊，永远留在记忆里。

秋日天高云淡的午后，葡萄架上的果实所剩无几，叶子枯黄稀疏。阳光透过藤蔓打在母亲们祥和的笑脸上。大白菜已经洗好剖开挂在铁丝上晾着，一个个大盆里装满了青、红辣椒，黄萝卜，白萝卜，韭菜，芹菜，四五家主妇聚在一起腌酸白菜、花花菜呢。阿琪古丽大妈说笑着，也不看手底下，菜丝在刀下排着队齐刷刷地出来了；阿舍嫂子是新媳妇，还有点儿羞涩，也不言语，往菜里撒盐搅拌；妈妈腌酸白菜最拿手，味道谁也比不上，她一个人忙乎着往白菜上抹辣面子；她们一会儿用维吾尔族语讲笑话，一会儿用汉语拉家常，热热闹闹准备过冬的小菜。这也是一场庆祝丰收的家庭聚会，男人们在炕上喝着茶谝着闲传，主家索菲亚婶婶煎油香（本地方言：

油饼），锅里煮着酸辣的粉汤，闻着香味的孩子们都围过来，吃几口又到院子里打闹，廊檐下一盆盆花花菜静静地等候着主人把它端回家。

那时候的人，就像花花菜一样清贫、友善，心里有着五彩斑斓的向往。那时候的日子，也像麦草一样温暖、朴素，闪着金子一样的光。

光是什么？是暖，是爱，是希望！

冬天，草垛上顶着雪，像一排巨大的蘑菇立在巷子里。弟弟放学后，挽着一个大筐子，在草垛下面掏一个洞，装一筐麦草，牛圈里有一个铡刀，他的任务是把麦草铡碎，拌上麸皮、胡萝卜，喂给牛吃，小手冻得通红。他以自己属牛而得意，吵嘴的时候常嘲笑我属鼠，老鼠多招人讨厌，哪像牛忠厚勤劳，我常常因为这个而闷闷不乐。麦草垛还有一个功能，弟弟受委屈的时候，准能在草洞里找到他，那是他的避风港。

放学后男孩子约着到井台赛陀螺，把陀螺叫“牛牛”，木头的或是铁的，顶着一个钢弹，一个个吸着鼻涕，扬着布条做的鞭子，抽打着“牛牛”，不玩到天黑不散去。奶牛是弟弟的宝贝，夏天给它割草，骑在牛背上下河洗澡，戴着草帽威风凛凛，那骄傲的神情就像一个凯旋的王子。冬天给它除粪，怕牛冻着给它垫上厚厚的稻草，那时候他还没有一把铁锨高，却俨然一个小当家的，农家的孩子哪个不是小小年纪就分担家事。

农村孩子的学前教育，都是在牛背上或者麦田里自学完成的，没有人教孩子背唐诗，也没有人给孩子说“人生”“梦想”之类的深奥道理。从蚂蚱认识昆虫，从蒲公英认识植物，从四脚蛇认识动物，从牛羊身上认识感情。农家的牲畜，都是和主人通着心的。过节宰羊主人舍不得自己下刀，请邻居们来帮忙。卖牛时，主人在屋里议论是避开小孩和牛的，也不知道牛是通过什么方式感知的，默默流泪，不吃食。谁说动物没有人敏感、没有人情感丰富？牛离开家的时候，扭着脖子磨蹭，眼睛无助地看着主人，大颗泪水滑落。主人也红了眼圈，不忍看牛的眼睛，小孩子抱着牛脖子大哭，过后也是不吃饭不理人，闷闷不乐好几天。

童年的我在自己家、巷子里常见这样的场景。牛和主人的告别，其实和父子告别一样心酸，只不过牛用眼神替代了说话，沉默的表达往往比隆重的仪式更刻骨铭心。多年以后，我们离家告别父母，已经学会克制感情，假装潇洒。能吃苦、懂得承受却不善于表达，是农家孩子的特质，也是牛的秉性。

什么时候麦草消失在巷子里了？是康拜因出现不用镰刀割麦子了吗？什么时候馍馍闻不到麦子的香味了？是乡里拆了水磨建了面粉厂吗？什么时候渠沟干涸不流水了？是家家户户通上自来水把水抽干了吗？什么时候见不到成群的奶牛回家了？是像水一样稀的袋装奶伤了养牛人的心吗？

已经当了奶奶的阿琪古丽大妈在街上开饭馆，摆在桌上的绢花油腻腻的，当年她种的花可是巷子里开得最灿烂的。我走向她，用乡音呼唤她，她惊叫着扑过来拥抱我。我把一条头巾搭在她的肩上，头巾上的石榴花多像她年轻时笑靥如花的脸啊！

一年又一年，世道在变，巷子还是那条巷子，日子却再也不是从前的日子了，不管怎么说，这是岁月留下的一段闪光的日子。

捡麦穗

张惜妍

在杂志上看到一幅油画：一条乡间土路，水渠和白杨树，黄灿灿的麦田，这是丰收前的沉静。

我的心揪了一下，类似的场景常常出现在我的梦里，不，是刻在我的记忆里。童年的我，每天走这样的土路去上学，在白杨树下和小伙伴嬉戏。还有夏天烈日下悠闲的牛，水渠里光屁股的小男孩，稀稀落落捡麦穗的人……

每个暑假，我都跟在四奶奶身后去田

里捡麦穗，她是妈妈的婶婶，因为没有儿女，老两口年老了来投奔侄辈们。她是个精明利落会过日子的女人，即使没有土地耕种，她的日子也比种地的农民过得富裕。她天天提个袋子到地里转悠，捡麦子、捡黄豆、捡苞谷棒子、捡甜菜疙瘩、捡稻穗；有时候还有花生、洋芋，直到第一场大雪落下来，她才会停止劳作。田野每天给这个勤快女人满满一袋子粮食，她的快乐，她的零花钱，她的积蓄，她的尊严，都源于土地的馈赠，源于风调雨顺的丰收。只有丰收的盛景才使农民们不在乎洒落在地里的零零星星，给那些没有户口没有土地的外来人一条生路，这些苦累又丢面子的活儿，本地人是不会干的。

十一二岁的我，在天刚亮的时候，就被她从床上拽起来，一碗奶茶打发了睡意，夹着袋子跟在她后面走向田埂。草叶上露水打湿了我的布鞋——这鞋也是她在灯下一针一线做的，土气而舒服。麦地里洒落的麦穗真是不少，我俩各占一片领地，弓着腰，小手忙不迭往袋子里塞。太阳越升越高，晒得脸蛋发烫的时候，沉甸甸的袋子“站”在腿边，这是劳动的收获，我的心里涌起一丝自豪。坐在白杨树下休息，把脚丫泡进清凉的渠水里，望着丝丝缕缕的云彩，想着什么时候才能长大呢，想着开学要上初一了，是不是很难弄懂那些数学题……

如果捡麦穗的过程是愉悦的，那么扛着麦穗回家的路就显得格外漫长痛苦，沉重的袋子压得我抬不起头，只能看到沾满尘土的鞋尖。麦芒透过衬衣弄得肩上脖子上刺痒难受，手也火辣辣得疼。更难为情的是，我已经是个知道害羞的姑娘了，上了大路，不停地遇到熟人。我低着头，眼里噙着泪，走得飞快。进了院子，狠狠地把袋子摔在地上，有时候还会更发狠地踹几脚。冲到压井下，一股股清冽的井水哗哗流出，冲去的不仅是我的眼泪，还安抚着我的委屈。

吃完午饭，我沉沉睡去，感觉有人在摸我的手，迷迷糊糊睁开眼睛，门边闪过父亲的背影——他是心疼我的，偷偷看看我的手扎烂了没有、肿了没有。来不及想什么，就又睡过去了。

那些年的暑假，我每天清晨都去捡麦穗，我不关心捡回来的麦穗是磨成面粉吃了还是被四奶奶卖了。总之，我喜欢跟着她去田里劳作，清凉的露珠溅到腿肚上，空气里飘浮着烧荒过后的烟火味。在麦地里完全主宰我自己，可以沉默不语，可以听她絮叨，可以打口哨，可以自顾自地采一大把野花，可以闭上眼睛感受风从脸上掠过的快意。田野里有一种植物，结着一串串黄豆珠子一样的黑紫色浆果，酸甜，吃得嘴唇牙齿舌头都是乌紫的；我还捡过野鸭蛋，淡青色；淋着大雨爬过拖拉机，受过蛇的惊吓……

我每天走好远的路，路过的都是同样的风景，看着一样的白杨一样的水渠。难道土路的那头还是麦田吗？常常一大片麦地里只有我一个人蹲在那里捡麦穗，瘦小而孤独。我的童年到少年走了多长的距离，是一块麦田到另一块麦田的距离吗？还是这个夏天到那个夏天的距离吗？我在麦田里无数次幻想，长大了我会是什么样子，像妈妈一样坐在办公室里打算盘吗？像四奶奶一样在地里寻觅吗？像邻居女人一样坐着男人的马车下地干活吗？不是，我要和她们都不一样，我会离开这里，永远不会再捡麦穗！我虽然喜欢在麦地里撒欢，把心事说给野草听，说给流云听，但是我不想一辈子走这样的土路，只认识地里这几种庄稼。我要像电视里的人那样去没去过的地方吃没吃过的东西。我曾经浅薄地顶撞父亲，土地除了给你吃的，还能给你什么？把我们都耽误在这个破地方。父亲说，我们住的房子，还有你们的学费，都是土地给的，我的祖祖辈辈都在土里埋着，我不亲土地，还能亲啥呢？等到了我这个岁数，你就知道了。

求学、谋生，我真的离开了乡村，像蒲公英的种子一样飘走，再也没回去。我也不可能回去，外面的世界如此大如此精彩，那是一片多么广阔的麦田啊！我一直走在捡麦穗的路上，我系之衣食的工作是我在路上的通行证，我操持的家庭是我在路上的平安符，我的同事、我的朋友是我在路上的同行者，我的文字是我在路上的一丛丛野花。有风有雨有大雪的路上，我会遇到谁？谁会递给我一把伞？我会不会迷路？我会和谁走散？我走得轻快还是步履蹒跚？我一直在麦田里寻觅，只是为了找到一枝更饱满的麦穗，人生路上太多的麦穗等我一枝枝去捡拾。

经历了生存奔波的艰辛，我才开始明白，离开只是一种生存方式的结束，另一种生存方式的开启。谁说离开了乡村就脱离了劳作，脱离了汗水和隐忍？生命的高贵与卑微都只是形式上的区别，本质不过是大地之上的一枝麦穗，经过摔打碾压，有些成了酒店里精美的点心，有些只是一碗家常汤面。每个人都在挖掘生命的黄金，同样也在接受不一定亨通的命运。这有什么呢，拥有认真活着的过程、善良的心灵，不就是一片丰美的麦田吗？在人生的麦田里，即使生活的领域那样的小，蕴含着的共性和未知却是那么多，足够让我用一生来发现和抵达。

我还没到父亲当年的岁数，麦田、土路、白杨一次次在梦里出现，还有捡麦穗的小女孩，扛着重重的袋子踉踉跄跄地走着。我常常在不经意中发疯似的想念麦田，想念麦地里稀稀拉拉的麦穗，还有田埂上的蒲公英，甚至想念牛车经过的辙痕，白杨树的绒絮……这想念是不是当年泄愤被我摔在脚下的麦穗啊，要不，怎么像麦芒一样扎在我的心上，刺痛呢？

炉火

张惜妍

又一年的冬天来到伊犁，来到村庄，来到我家。我躺在大炕上，裹着厚棉被支棱着耳朵听黑夜的声音，屋顶上的苇席里窸窸窣窣，是壁虎还是小老鼠？外面刮着寒风，已经刮了一整天了。我听到有人开门出去又进来了，廊檐下传来跺脚的声音，门缝里闪过父亲低沉的声音——下雪了！

黑暗中我看不见雪，喜悦的心在怦怦跳，我知道雪来了，雪花在飘，屋顶上、麦草垛上、菜地里、矮墙上、马路上、校园里、田野和山谷里……雪花飘入我的梦境，使梦呓的我终于闭上眼睛沉沉睡去。

当我醒来的时候，炉火正旺，水壶盖子被蒸汽顶得噗噗作响，屋里暖烘烘的，飘着奶茶的味道。炊烟在房顶上飘散，烟火气息弥漫在村庄上空，密密绵绵的雪将大地包裹在白色的温柔里。

很多年以后，我的梦境里总是反复出现童年的场景：漫天遍野的雪，燃烧的炉火，飘浮的炊烟……我无法解释这代表一种什么隐喻。有一天黄昏，我打开燃气灶的旋转开关，看着蓝色火苗，似乎明白了，没有了炉火的冬天，在一种叫作“暖气”的被动温暖里，我们不再主动去寻找温暖，一天天地怠懒，丧失着乐趣。依然是冬天，依然下着雪，少了炉火的照耀，暗淡的冬天像少了一种说不出的感觉。

想起小时候，上学的教室都是土坯房。一到冬天，学校给每班分一个铁皮炉子，叫“洋炉”，高年级用旧的，低年级用新的，各班领回去自己收拾。男生们特高兴，因为他们一方面可以理直气壮地玩泥巴，另一方面也是各班比试谁的手艺好。炉子糊起来是有技巧的，比如，泥里放多少盐，掺多少羊毛，炉膛应该是怎样糊的……做这些是为了让洋炉既省煤又保温。

有经验的大都是那些比较调皮的男孩子，他们早就在大人边上模仿过多次，现在终于有机会展示，那份得意自不必言说。他们糊好炉子，指挥着大家架烟囱，在烟囱的接口处糊上泥巴，以防止烟油滴落和泄煤烟。炉子架好了，其他同学找来废纸、柴火，当红红的火苗呼呼地燃烧起来时，全班同学围着洋炉七嘴八舌，个个兴奋得跟过节似的。

那时候的快乐，就是那么简单。

铁皮炉子好用，伊犁的煤更不用说，出奇地好烧。不用柴火只用纸就可以点燃。漫天飞雪中放学回家，到家第一件事就是到煤棚子里捡煤块生火。看上去灰烬冰凉的炉子，只要有一点儿火星，架上煤就会燃起熊熊火光，炉子烧得红彤彤的。那时电压很不稳，灯泡也不亮，晚上灯光昏黄。那有什么关系，守着炉火，写着作业，或是和爸妈聊聊天，再多的烦闷都烟消云散。

有一天家里多了一个大家伙，很威武地立在厨房中间，我还是第一次见到造型这么漂亮的炉子。炉子是翻砂的，黝黑的铁板很厚，不容易烫伤，还带着烤箱。炉火烧起来的时候，把洋芋、花生或者馒头片放在烤箱里，香气四溢，一个个美好的黄昏都是在温暖和香味里到来和溜走的。伴着炉火燃烧的还有我们多少话语啊。炉子上一壶酽酽的茶，平底锅上翻炒着葵花子，盆子里微火烤着厚厚的、焦黄的奶皮子，抹着酥油的馕软乎乎的。黑白电视星期一、三、五演着哈语节目，星期二、四、六演着汉语节目。炉火照着父母年轻的脸庞和我们幼稚的眉眼。说些什么记不得了，一家人围坐在一起吃着、说着、笑着，那样的日子真是神仙一般。

从小一起长大的伙伴，现在散布在各地，都有了各自的家庭和生活。我们现在还有联系，但很难聚在一起回首年少时候喝着茶嗑着瓜子畅谈理想的夜晚，以及那跳跃的红红的火苗。可那一幅图景却在我心底定格，那是人生中最容易轻视却又最宝贵的一段岁月。

天气越来越冷了，蜷缩在沙发里看着上百个台的电视节目，遥控器摁来摁去，不知道到底要看哪个台。望着窗外大街上匆匆行走的人们，感觉生活中缺少了什么，有一些黯然无色的感觉。也许日子本就该如此，在平淡中度过岁岁年年吧。有时候下班路上，时间宽裕的话，我会绕远一些，穿过城郊即将搬迁的村庄。一些房子已经拆除了，还有一些房子还在坚守，依然有炊烟在房顶上飘散。只要屋里有人住，就有炉火燃烧，就有炊烟升起，告诉人们日子还在继续。那散不去的炊烟也给远行的人一个归家的信号，走进村口，只要看到门前的白杨，看到屋顶的炊烟，就仿佛看到了母亲慈祥的脸。

有一天妈妈打电话叫我过去，进门的时候，她正在厨房熬果酱，她说煤气熬出来的果酱就是没有煤火熬得味道好，还说煤气太贵了，她用着都心疼。

望着一丝不苟守在灶前操作的妈妈，我的眼前又浮现出清贫的年月里，年轻的她在炉火前忙碌着的样子。给我们熬果酱，熬糖稀，铁锅里滚着骨头汤，从烤箱里拿出配方简单的面包……如今妈妈老了，却依然想让她的孩子在冬天的早餐桌上吃上亲手熬制的果酱，与我一起回忆岁月的味道。

在变幻莫测的生命里，岁月是一个无声无息的小偷。它偷走了炉火，就像它从未在我的生活中出现一样。然而，岁月偷不走回忆，我试图学会遗忘，可它总是在梦境里出现。我真的能遗忘炉火吗？它照亮的是我的年少，我的青春，我不再回来的纯真岁月。

照相簿

指尖

第一幅

最令人讶然难信的时辰是夏日黄昏。

远方的天空突然坠下来，边缘低垂，并山接水，云层向四下里弥散，渐呈温暖而壮大的橘色。云朵袅袅散开，一片一片，一团一团，缓慢移换着它的形状。如果你恰巧站在泉子沟的顶坡上，站在唯一那株旱柳旁，此时你的手心里一定残留着温热的土腥味，那气味盖过身后落日之中悄悄收敛起来的庄稼成熟的味道。麻雀从谷地上方飞回到村庄的槐树上，喧闹的知了因为比自己体积大的物种的来临而委屈噤声。蛐蛐们在阴暗的地角，开始试探性地发出一点儿弱声。这时候，大人们正赶着牲口从温河对岸的田地里往回走。清冷的河水中，灰色的小鱼一闪一灭地游动。黑色的蝌蚪晃着个大脑袋成群结队地寻找。一只青蛙跳到石头上，逃避似的咕哇叫唤。牲口们驮着的那股凉风突然从它们的脊背上蹿下来，跳进河水中，很快钻出来，带着湿润的水汽，向着村庄逶迤而来。鸡鸭正在赶着回窝。不安分的家犬冲出院门，在街上乱跑。饲养处的月亮大爷刚刚为马槽添满草料，正将水洒到院子里。祖母开始将柴火点燃，烟囱里灰色的烟带与更多的灰色的烟带纠缠在一起，像一根通天的软梯，与远处接山近水的橘色云天交相辉映。

四周的山峦和村舍很快被染红。你扭身看到身边的禾苗，她也是红的。她的圆脸，她的发辫，她的花衣，甚至她露出脚趾的布鞋，都因这团温暖而凉爽的红光而变得异常俊美，你看到她的眼睛之中的红，看到她眉毛和鼻梁上的红，看到她上唇与下唇之间的红。她推推你，快看。于是，你们同时看到，天边滚滚的云团，正像万花筒般变幻成你所熟悉的影像——一头牛，一匹马，一些戴草帽的男人们，风吹起的一角汗衫，腰里的一根短烟袋，还有锄头、犁铧、耙子、镰刀……一条迎接他们的家犬，几只踯躅着不想回窝的公鸡，一些树冠茂密的树，还有飞向枝头的最后几只掉队的麻雀……你们同时屏住呼吸，生怕不小心，毁掉眼前的美。

许多年后，你只要闭上眼就能看到那景色、遥远、温暖、绚烂、明亮，令人惊叹。你同时也看到身后的村庄，逐渐陷入黑暗，变得暗淡，晦涩，沉重而苍老，带着无边的惆怅、喟叹和伤感。

第二幅

春天，用干透的玉米秸做栅栏，在院子东南角圈了一小块地，这块地便成了家里的菜园子。刨暄的地里，洒上大粪，埋住，几天后再刨开将种子撒下，春天的营生基本就结束了。因为紧临猪圈和鸡窝，飘来飘去的风中，亦没有多少异味。园子里种了豆角、韭菜、青辣椒、小葱、瓜，还有烟叶，为省去给豆角搭架这一流程，又种了玉米。栅栏不高，但密，鸡们突然看到一个围墙，有几分好奇，整日卧在栅栏前晒太阳、打架，公鸡涨红脸飞起来，进了园子里。偶尔它们躲开祖母的视线，在园子里找到虫子和菜籽，吃好了，玩好了，有时甚至睡好了，才被祖母发觉，这时会用恶语骂它们，或者用棍子赶它们，它们委屈，嘀嘀咕咕地反抗，又说不清缘由，便跟卧在外面的鸡们一起被赶出街门。

韭菜长得细，拿剪刀要不断地剪，慢慢地，根才粗壮起来，颜色也从浅至深，但这时候的韭菜基本也就老透了，吃到嘴里，香味大减。最好吃的是春韭，颜色鲜艳，嫩，清爽，入口有回甘。《南齐书》中记载，太子文惠问颙："菜食何味最胜？"颙曰："春初早韭，秋末晚菘。"千年前的事了。几场雨后，豆角开花了，细小的花长成女子的弯眉，攀缠在青玉米瘦弱的秆上。不几天，豆角突然长得颀长饱满。宛如谁摁下机关，豆角此后会不要命地、不断地、不留余地地成串成串、成批成批地结。园子里该绿的绿透，该黄的黄遍。夜里萤火虫成群地从园子里飞出，拖着一条亮尾巴，试图要赛过天上的星。时序已夏。蛐蛐在园子里叫，声音忽高忽低，似乎就在耳朵边上蹲着呢，一只，一群，喳喳地闹，可惜就是无法得见真模样。

烟叶上擎着露珠，莹莹一叶间，全是诗情画意。绿得冒水的阔叶子后来要变成祖母烟管箩里微枯、干脆、燥呛的烟末，是件令人惋惜的事。蝴蝶、蜻蜓出现了。整个园子陷入一种杂乱的情景当中。青玉米的包衣也散了，露出金黄的颗粒。倭瓜沉甸甸地摊在地里，像怀孕的妇女。植物的叶子开始凋敝，零落，呈现枯色。各种成熟的味道像各色酒液，迷醉得让人麻木。繁盛之极，便会消减。栅栏经过大半年的风吹雨打，有了腐烂的迹象，有些地方松散了，风一吹，开了个大门，有的鸡钻进去会在豆角秧下生几枚蛋出来，或许它以为这些蛋也可以是种子，被种到地里，长出根茎和叶，结出无数的蛋？不晓得。

理想中的园子里还有条窄窄的河，河里有灰色的小鱼、黑色的蝌蚪，当蝴蝶和蜻蜓飞过，天地凝成一统。

第三幅

麻阴天，男人戴着脱了边的草帽，腰里别一把镰刀出门，去杨树沟给牲口割草。

杨树沟在温河对岸，沟内有早年间人们挖煤留下的无数巷道和洞口，据说是野物的蛰居地。沟两边山脊倾斜，土壤肥沃，庄稼茁壮，草木茂盛，间有药材无数。黄芪长有白色的绒毛，甘草根嚼到嘴里甜而有味。远处有紫的小花瓣。见得最多的是蒲公英，秋天风一吹，满坡满梁飞，村人叫它没根窝。没根窝的根用水煮了，可洗可饮，对疮、癣等皮肤顽疾极有效，特别是刚生下的小孩的胎癣。杨树沟像一个大宝库，既长满牛羊牲口喜欢吃的各色青草，又有治疗人们头疼脑热、跌打损伤的药材，同时还掩藏着一些人们看不见的居所，供那些在夜晚出入的动物和神灵们歇息。

铅灰色的云不断下沉，镰刀砍在草根上，男人呼吸凝重，却不见人影和镰刀。到他出现，帽檐下流出热汗，草帽变得软塌塌的，腰里的麻绳解下来了，面前有了一大捆绑好的草。他坐到草上，短烟杆插到绣了鱼闹莲的烟包里，打火机的火石冒出火星，烟杆已在嘴里了。

茂密乌绿的草丛中，穿了深蓝布衫戴着脱边旧草帽的抽烟的男人，看不见他的脸，只能见到一团烟，透过草帽的掩盖上下弥漫。那时，你会看见天幕上空，深色的云里透了风，正缓慢地移过来。男人根本没抬头，起身在鞋底上磕掉烟灰，背起小山似的草，宛如地上移动的一片重云。

午后雨点落下，屋门上的竹条帘子被卷起来，男人的草已成为牲口槽里的美味。牲口懒洋洋地将嘴伸进草里，也不吃，只嗅着那股熟悉而迷人的味道。精瘦的男人脱得剩下一个背上布满小窟窿的红背心，坐在板凳上开始编扫帚。檐前的雨溅到门槛上，又跃过门槛溅到男人的脚面上。女人坐在炕上纳鞋，针在黑发里刮两下，利索地扎进了厚厚的鞋底，鞋底已纳好了脚掌，均匀细碎的针脚，像一粒粒喜悦的豆子。孩子们无聊地坐在炕沿边，女娃用手绢叠了一只老鼠，去逗弟弟玩，弟弟想要，做姐姐的偏不给，弟弟便张开嘴仰天干号。做哥哥的不过七八岁，在看爹编扫帚，看他的手灵巧地穿过谷秸，将麻齐整地绑在上面。眼里有无限的佩服。偶尔，他也会注视窗外的大雨，有超越年龄的担忧。

但爹在门口挡着，雨再大，也进不了屋。

第四幅

小孩的仇人有不成熟的年龄、调皮的眼神，还有跟其他小孩一起扭打时眼里的短暂寒意。

他们之间很少交接，按常人理解，他们跟别人并没有多大的不同。他有他的同伴，她有她的同伴，最靠近的那次是在场院高高的谷堆上，那时她正在学着张开手臂，想象有双翅膀，从高处向下飞翔。他从下面冲上来，一把推开她。于是，当他飞翔的时候，她像一只失去翅膀的鸟，从旁边趔趄着滚下谷堆。她抹着眼泪死死盯着他，他笑嘻嘻地看着她。

他偷出家里的手表，戴到大胳膊上，炫耀的时候，需要将整个袖子捋起来。

他笑的时候喜欢前仰后合。

他走路的时候喜欢跳，像马。

他回家总是最晚，因为父亲不在家。

太阳雨里他是队前的领队，她是队尾的跟随。许多未成熟的青白的西红柿被急雨敲离了枝头，滚到他们的脚边。变电站在雨里发出巨大的轰鸣。

河水清澈，柳叶低垂，夏天的风吹移河流尽头的山峰，云穿过。那时他站在她对面远远的地方，沙子埋住他半截黑黑的小腿。他汗津津的脸对身边另外的同伴，手指着她说，我长大了要娶她。

一句话，他就成了她的仇人。

第五幅

九月，地里的谷子成熟了。熟了的谷穗抬不起头，都垂着，连谷秸都斜斜地被它们带歪了。

午后一股风，谷子们便在风中摇动，衣裳零乱眉目模糊的稻草人在此刻方寸大乱，手忙脚乱。平展展的地里，没有一株谷子听从它的指挥，却齐心向着同一方向摇摆，左或右，低下，再低下，像做一个高难度的动作，直达极限，然后升起，再升起，升到比自己还要高的高度。那是一种令人心惊胆战的摇摆，你恨不得去咒骂风，咒骂节气或者立在地里东倒西歪的稻草人，还有那些远远飞走的鸟雀。这时候大人们会笑你，傻丫头。哦，原来，世上最傻的是人。

雨季来临之前，男人们会戴上草帽，穿上那件蓝或红色的腈纶秋衣，到地里割谷。这时候的谷穗刚刚成熟，如果用手摇动，不会有一粒果实掉落下来。男人们在手心里啐两口唾沫，将磨得锃光瓦亮的镰刀握在手里，弓下腰身，拉开架势。于是，他们身后，很快出现成捆的谷秸，像谁变了个戏法，令人目不暇接。天地陡然就大了，空了，远了。再过几天，谷子大熟之后，男人们收起镰刀，女人们便顶上那块蓝或红的围巾，手里拿着小小的招镰，到地里轻巧巧地将谷穗割下来，放到臂弯里的篮子里。谷地里最后上场的是小孩，谷子被收完以后，小平车将地里的谷秸和谷穗拉回大场里，小孩在大人们的指挥下，提着篮子拾捡地里撂下的一颗或者半颗谷穗，那些谷穗因经了几夜秋露，变暗，变黄，湿，沉，麻雀在前面不停地啄食，祖母骂它们是些没出息的东西。有地鼠从夜里打好的洞里出来，滚着个毛茸茸的身躯跟人们抢谷穗，女娃胆小，看到那滚圆的东西就哇哇大叫，男娃胆大，拣了土坷垃就朝它身上扔去。看地鼠逃跑是很有趣的事，无数的土块砸向它，它的身体很快就变成了土的颜色，于是，你会看到在谷茬中间，一块移动的土坷垃。这种暗暗叫屈的逃跑中有着一种说不出的诙谐。

你总忘不了在平得像被刀削过的谷地里，割谷的男人们或蓝或红的秋衣，在黄色的谷浪中忽隐忽现的样子，像一簇簇忽明忽暗的灯火。

第六幅

最快的路在冰面上。倘若胆子足够大，平衡能力足够强，你便可以成为一支射出的箭，脱弦而出，远去十里。那时寒气刺骨，寒风凛冽，却有无比愉悦的骄傲和暖意。倘若没胆量独自滑行在风中，便可借助器具来完成冰面的行走。自制冰车，将三四根木条钉在方向相反的两根窄木条上，刚刚是一个小孩臀部的面积，盘起腿，冰车被挡住，要不是手里有冰锥，会感觉那是仙童坠入凡间，孤单单又热闹闹耍耍就飞回天上去了。

冰车不是人人都有的。惯常下，村里的男人不屑做这玩意儿，只有那些半大小子们，吃两大碗饭，个头噌噌地往上长，力气足，对生活满心好奇，才会用一个中午，满头大汗笨手笨脚地动手做个简单的冰车，做好自己不用，专送妹妹去冰上玩。他随在坐在冰车上的妹妹身后，仗着自己的力气和高大，在冰面上像风一样穿梭。那时，他前面世界阔大，一马平川。看不见身后冬天的山体僵得像老人的脊背。

站在冰面上没胆量走在最快路上的失败者，眼里充满羡慕和愧疚，又有勇敢，又有迟疑，既不敢将手臂张开，向着阔处滑翔，又没有冰车借力前行，却贪恋温河的冬天，寒冷的风，和世上最快的路上飞来飞去的人们的身影和通红笑脸。

最慢的路在雪地里。下过雪的路是平展的，那些坑洼、石头、沙全被雪填平了，让人误以为之前眼见的都是曾经梦里的忧伤。连摔过跟斗的人都不再相信曾经的路途。第一步最舍不得迈出。眼前一望无际的白，似上天精心铺开的羊毛毡，完美得令人不忍踩踏。抬起腿又放回去，放回去又抬起来，脚下的雪踩出了一个大大的不规则的坑，脚印复叠着脚印，彷徨复叠着彷徨。长长吐一口气，鼓足勇气向着深雪中踏入，却进入一场旋涡、一场跋涉。轻飘飘天幕中落下的雪，变成沉甸甸的脚力。明明是单身子的行走，却像挑了重担，一会儿工夫人便汗流浃背、气喘吁吁了。大人们是深谙此道的，所以在雪地里跋涉的，大部分是小孩，身子小，力气弱，却有顽强不屈服的劲。

忘不了的是，嘴里的呵气，睫毛上的霜，上衣口袋浅，手插进去，半个手掌冻得生疼。

第七幅

猫飞快地从炕头跳到地上，无比疑惑地注视着父亲的手正通过它的通道伸进来，将门闩拉开。它在仰俯之间，看见了父亲身后的节日，带着鞭炮和香烛的味道，挤进门来。

天透亮，大雪将远山近树、温河的冰面、大片的土地、二保老汉的菜园子、祖母放在屋檐下的棺木、禾苗家屋顶上的秸草都覆盖了。你的新衣有夸张的颜色——大红、大绿，宛如嵌在这雪白天幕一统颜色里的一滴美人痣。带着穿有同样颜色夸张新衣的妹妹出门。雪停了。大地上的白光，耀眼，明亮，刺目，黑花黑花的枝痕让人产生无力、渺小和快要消失的感觉。狗正从外面跑回来，边跑边颠颠地抖掉满脊背的雪花，好像它在雪里钻了一夜似的。

通往禾苗家的路，已被人踩出一条蜿蜒光滑的小径，得小心拉着妹妹的手，两人才不至于都摔倒。但后来你们就专往旁边的雪里踩，新鞋上沾满白色的颗粒，一摇，纷纷的雪雾。妹妹嘎嘎地笑。禾苗家门口有昨夜燃放鞭炮后的痕迹，牛皮纸崩碎了，黑色的火药难看地流到雪窝中。田园正从对面的坡上蹲着往下溜，脸蛋通红，又害怕又兴奋，她溜到我们跟前，一把抓住了你的腿，你张大了嘴巴，没叫出声来。

树上挂着的一串串玉米穗上都沾着雪，衬得玉米粒黄得发亮。几只麻雀傻傻地站在玉米和雪的上面，左顾右盼地寻找食物。你们都说那是傻鸟，守着金子找金子。

傻子文会刚起床，两手插在硬邦邦的袖筒里，冲着你们嘿嘿地笑。禾苗家的窗户和门缝里往外冒热气。她爹依着炕桌抽烟，她妈今天也不用做针线了，笑眯眯地坐在炕上。她说，小闺女们穿得真好看。你看看禾苗的花衣裳，禾苗看看田园的粉褂子，田园看看你和妹妹的红灯芯绒衣服，都咧着嘴羞涩地笑。

街上，小子们已经开始打雪仗了，你扔我一团雪，我扔你一团雪，你塞我脖子里一把雪，我塞你脖子里一把雪，哇哇乱叫，嘴里和头顶冒着热气。偶尔，谁悄悄点放从家里偷出来的炮，声音清脆，大得吓人。你左手牵着妹妹的手，右手捏着父亲给的一毛压岁钱，站在茫茫天地间。

面前的村庄和房屋因为雪的覆盖，仿佛在故意隐藏的同时又暴露出一些存在的秘密。

乡夜灯火

指尖

禾苗有了一个空墨水瓶的消息，让我和田园比自己拥有一个空瓶子还兴奋。我们小心避开大人们疑惑的目光，挣脱那个关于随时有可能被“拍花”贼拐走的预言，穿过层层叠叠茂密的玉米地，偷偷跑到夏天的温河边。满河槽里也看不见一个人，只有对岸笔直的杨树上的叶子们，在阳光下跟河水一样闪着亮晶晶的光芒。我们的笑声从压抑、悄静、克制中释放出来，像三只小鸟，在黑暗中突见光明般，嘎嘎嘎嘎笑个不停。直到禾苗不小心把瓶子里残留的结了块的墨蹭到了衣服上，我们才停止了笑声。禾苗把瓶子放到浅水中，一时，瓶子成为一个泉源，一股蓝色的水流源源不断涌出来，使整片河水都蓝了。一群褐色的小鱼正在远处激欢地游，它们是察觉到了什么？或许是看到了蓝色的水流？反正它们慌里慌张、没头没脑逃离的样子，让我们又忍不住笑出声来。几只青蛙从石底爬上来，半边身子搁到石头上，对着我们乱哇哇地叫。哪怕微风使河面掀起曲曲折折的涟漪，都没有截住三个小闺女的笑声，那笑声，放肆而纯粹，像我们手里渐渐干净了的瓶子，渐渐干净起来的手指，还有经过流水的浸泡和用细沙轻轻搓揉之后，渐渐干净起来的禾苗的花衣。

整个下午是那么漫长无聊。我们三个鬼鬼祟祟而又心不在焉的样子，并没有引起大人们的注意。他们一直忙碌着他们的营生。禾苗爹在给牲口拌草料，筛子筛下的细草叶很快从地面飞到他的头顶，工夫不大，他就成了一个草人。枣红骡子张着大嘴，湿漉漉的鼻孔里噗噗地喷着热气，四只蹄子不耐烦地刨着蹶子，恨不能以掘地三尺的气势，来引起主人的关注。我们三个，坐在禾苗家的炕沿上，看她妈卷起裤腿，在腿上搓麻绳，吐一口唾沫在手心，搓几下，再吐一口唾沫，再搓几下，如此反复着，直至她腿上的皮肉渐渐红了。

禾苗的弟弟三泉是个罗圈腿，手里拿根晒透的玉米秸秆，追赶着几只鸡满院跑，惹得鸡们飞的飞跳的跳，一只红公鸡竟然被赶上了窑洞顶，它站在上面，不安地拍打着翅膀，小心地徘徊着，叽叽咕咕寻找着下来的机会。高处的恐惧，在它的神情中一览无余。后来，那些鸡们都被赶出了院子，罗圈腿三泉便又去捅鸡窝，说要找鸡蛋，满头大汗地坐在地上，将棍子伸到鸡窝里扫荡。

天擦黑，三泉就把手里的秸秆点着，然后再来回摇摆着让火焰变小，跑到磨道里耍火去了。在磨道里他像个将军，左手叉腰，右手拿着秸秆，秸秆顶端的火烬在渐渐黑下来的夜晚愈来愈红，像一星灯光，也像一只眼睛。而此刻，他在空中挥舞着那点光亮，胡乱地比画，或者用光亮有序地画出一些线条，罗圈腿顺溜溜地交叉着，嘴里兴奋地喊叫着，吸引来更多的手拿秸秆的小子们。一时，磨道里布满无数的星光，交汇着，疏离着，闪烁着，又不断熄灭着。

在村里，差不多每天晚上，都会有这样一场关乎灯和火的游戏，他们以此为乐，并从不生厌。他们手里那点细小的火烬，所组成的璨若灯光的明亮，成为乡夜大地上必不可免的存在。而小闺女是不玩火的，一来，小闺女天生就胆怯，快要熄灭的火烬所生发出来的诡异神秘气息，让我们害怕。二来，玩火好像并没有比翻花呀、听古话呀这些更吸引人，更有意思。对于这些小子们，尽管此刻他们玩得如此忘乎所以，但我们都知道，今晚他们无一例外都是要尿炕的。不久，二林妈出来，站在街门口就骂：尿泥鬼们，又想黑夜尿炕了吧，看不打烂你们的屁股。小子们见有家长出来喊骂了，再说手里的火也即将熄灭，便也顺水推舟，哄散了。

此时，禾苗，我，田园，已钻进我家菜地里，追着那些尾巴上拖着灯笼的萤火虫，脖子拉长，眼睛睁大，手伸长，大气不敢出，蹑手蹑脚地找机会，试图逮住一只被遗落的萤火虫。而禾苗兜里的那只洗干净的瓶子里，已经有了一只，它忽明忽暗的亮光使我们都很兴奋，并更增加了再抓一只，抓两只，甚至无数只萤火虫的决心。芍药花开了，瓜花也开了，眉豆结了好几茬了，叶子黏黏地贴到了我们身上。一只，两只，三四五只萤火虫就在这些花叶间跟我们捉迷藏，它们带着骄傲的灯光，吸引着我们的前往。长大后，遇见一些人，他们身上所散发出来一种明亮的光泽，让我一下联想到萤火虫。这世间，是有一些人，一些事物，一些生命，天生就带有一种光芒的，他可以照亮那些陷在黑暗里的人们的心智，也会吸引一些人的向往和热爱。但在我幼小的童年时光，我只知道，萤火虫是大地深处的秘密，是天上的星光偶尔坠落人间的惊喜，它们在我们的追逐中优雅骄傲地高飞，或者遁入深处，窥探我们的束手无策的焦急。当我们的瓶子里有了五只或者六只萤火虫的时候，黑暗中，我们能看到彼此绿茵茵的笑脸，发着光的眼睛，禾苗鼻梁上的小褐斑，还有我手臂上的那片眉豆叶。

那个夏天所有有星星的晚上，我们乐此不疲地在菜院子、河沟边、场院里、洞顶上……寻找萤火虫们的踪影。它们被放在透明的瓶子里，充当着我们短暂的灯光，在乡村的夜晚，照亮童年美好的路途。当然，当我们各自归家，无一例外是要将它们释放掉的。因为第一次时，禾苗把它们放在了自己的被窝过夜，据说整个夜里她的被窝像白天一样明亮。但天一亮，它们就变成几个丑陋的硬壳爬虫，禾苗将它们放了，它们也不飞，就那样在树叶上趴着，像要死去的样子。

田园说，萤火虫就是星星变的，只有夜里才发光呢。

天短了，夜也长了。捉萤火虫不再是我们喜欢的游戏了。

而那些男孩子们却依旧热火朝天地追赶着手里秸秆上那点火烬，在磨道里打闹，喊叫，被家里大人骂，怔怔地看着黑暗迅速笼罩了村子。

祖母点亮了那盏马灯。

我一直认为，只有这盏马灯，才可能说明祖父真正的在家里存在过。我幼小的心里，觉得他唯一的那张照片根本无法证明他曾存在过。就像父亲的队友、同事们的照片一样，他们的样子摆在相框里，并不能说明他们是我们家的人，甚至在我没有见过他们之前，我无法肯定世上有这样一些人的存在。只有这盏马灯，这独属于男人的物件，才能让我相信，祖父真的曾像其他家里的男人们那样，在寒夜里，从热腾腾的被窝里爬出来，然后披上羊皮袄，摸索着点亮马灯，提上它，出现在马厩里等待吃草的马们面前，那些翕合的马鼻里喷出来的热气，使他生出对它们的亲昵感，它们像他的孩子般使他心里涌出满满的柔情。但他同样也像大多数村里的男人那样，不善于表达感情。他是拙的，木的，重的，但同时是可信赖的，可依靠的，诚实的。他只会用一句粗话，成为一个合理的出口，释放出内心激荡着的情感。

我甚至想象，某些夜里，祖父会提着马灯走遍马厩的每个角落，他爱他的马，像爱他的家人，他的孩子，他的农具，还有他自己。他也会走到街门前，看看门拴是否插好。他在返回来的时候，会走遍院子，从鸡窝开始，到梨树、桃树，再到墙根……马灯照亮他的脚步，照亮他的眼神，照亮他热爱的事物。

而此刻，他已经走了。他喂的马不在了。他修的马厩也拆了，他存留在世上的一切气息都烟消云散了。他仅仅留下了马灯。我不断地问祖母：这灯是爷爷用过的？

祖母正在点烟，她应付地嗯了一声。

那马灯还活着，他怎么死了？

祖母笑笑：物件耐擦处，人不耐活。

母亲回来，就靠在桌子边，借着马灯的光看书。她说这灯太旧了，一点儿也不亮。

马灯的玻璃罩上有一层垢，散发出来的光朦胧，影影绰绰，像一块旧布的毛边。每次添油的时候，祖母总会说，换吧换吧，这灯老得不能用了。她的脸，在忽明忽暗的灯下，也半明半灭。

后来，母亲用空瓶子做了个油灯，灯捻子是用两根粗线绳搓的，点着了，火苗扑扑地四下里跳，洋油用得老快。但祖母还是把马灯放进柴房了。锁门的时候，她嘴里还念叨，旧东西该扔就扔吧，人该死就死吧。

那也是冬天的事了。

父亲从遥远的东北调回来，在家住了很长一段时间。他把院子里乱七八糟的东西，诸如石头啊，碎砖块呀，荒草呀，旧家具呀，破衣服什么的，都堆到一起，然后用筐装了，倾倒在河沟里。那夜的月亮很大，很亮，像被谁提着的一盏马灯，玻璃罩擦得一尘不染。我随父亲从河沟边回来，我们走，它也走，我们停下，它也停下。周围的一切，房屋、石碾、树木、门洞，像白天的样子，甚至比白天的样子更像白天的样子。半个村庄都变小了，似乎要化没了，又似乎不是。变小的村庄在月色的映衬下，渐渐生出一种安静、幽深而纯粹的色质，宛如被谁在水里洗刷过，又像被明亮的灯光照着，迷离，朦胧，那么真切，又那么虚假。

我比颜回晚白头

杨晋林

如果没有孔子，颜回就不可能这样出众——颜回的白头，颜回的早故，颜回的学富五车，还有七十二贤之首的名号都统统摆不上桌面来。正因为有了孔子仲尼，颜渊二十九岁头发皆白，四十一岁仓促谢世才最终被后世载入史册，也为儒学界扼腕千古。

颜回的白发因何而生？两千五百年的历史没有为我们提供答案，倒是圣人曾盛赞弟子颜回说："贤哉，回也！一箪食，一瓢饮，在陋室，人不堪其忧，回也不改其乐。”这是推理颜回白头的一个佐证。“年十三，入孔子之门”，此后终生师事之，而孔子治学又以严著称，颜回的一生都被繁重的学业和生活负担压迫着，几近喘不过气来。这样的日常生活，不白头倒是奇怪了。

曾夸口“白发三千丈”的谪仙说他是因“愁”而白的，那么颜回是否也“缘愁似个长”呢？孔子回答说：颜回乐而忘忧！有鉴于此，颜回顶上白发如果不是遗传，就是孔子所致了。

孔子把自己漂泊的艰辛无偿地分给了几个忠心耿耿的弟子，其中就有颜回。那是公元前492年，在孔子故里，一个贫而好学、聪敏过人的贤者被自己满头霜染的白发惊呆了。他可能是从泗水河的冰面上看见自己的倒影；也可能是从一碗清淡的米汤里折射出自己萧条的样子；还可能是从老师整冠束发的铜镜里捕捉到自己的苍老容颜。但，春秋料峭的北风依然硬朗地掀动他的袍襟，还有他的头发，以至于白发像一束充满玄机的拂尘，抽打着孔子门生的定力。孔子也被拂尘的尾丝轻轻扫了一下额角，连忙眯觑了小眼端详颜回，良久，方说：贤哉，回也！

恐怕也只有孔子能理解颜回了，只有孔子能读懂颜回满头熠熠闪光的字符了，那该又是一部洋洋洒洒数万言的论语呀！有关于他的仁，有关于他的礼，也有关于他的师道尊严和克己复礼……颜回的白发闪耀着无穷的智慧和乐而忘忧的光泽。孔子周游列国时曾向李耳问礼。相传李耳生来就“皤然一老子”，而颜回直到二十九岁时才从外表上达到李耳的境界，比起老师的老师来，显然在时间上差了一大截，所以他虚心好学，从不为学识过人而沾沾自喜。这只能是颜回了。

拉拉杂杂说了这么一大堆颜回的事情，而我呢？我又是在哪一年发染薄霜的呢？掐指数来，也有三四个年头了吧？人近中年，渐渐两鬓斑白，实在有碍观瞻，赶紧买来染发水，抹了又涂，涂了又抹……抹过了，涂过了，面对一头不属于自己的乌黑，一股暮年将至的悲凉如鲠在喉。要知道，白发与皱纹一样遭人诟病，白发的不期而至显然是奔着自己年龄来的，但四十为不惑之年，距白发苍苍尚有一段距离呀！遥想当年伍子胥是怎样一夜白了头的？再想想自己应该没有沦落到非白不可的地步，可是头发偏偏就白了，白得很彻底。

虽说“文起八代之衰”的韩昌黎也是在不足四十的门槛

前就“视茫茫”“发苍苍”了；虽说东坡居士三十八岁时也已“尘满面，鬓如霜”了；又虽说复圣颜回二十九岁就已是我现在这副萧条样子了，甚至比我还显苍老，还显古旧。但我仍觉得华发来得太过匆忙，太过突然，在我没有准备，没有把握，没有让青春大放光芒的情况下竟擅自出现了，直叫人扼腕矣，嗟叹矣，猝不及防矣！我相信仲尼如果在天有灵，看了我的白发，也会摇一摇睿智的脑袋说：岁不寒，松柏也会凋吗？我不是他的三好学生颜回，所以白头就显得不伦不类。

但是，再怎么说我也比颜回晚白了十个年头。十个年头就有十个年头不可估量的价值。在这十个年头里，我兢兢业业积累着个人资产，虽不富有，也凑合着能活。而在春秋时代的鲁国，一条偏僻的陋巷里，颜回正“一箪食，一瓢饮”维持着生计，他发愤忘食，乐以忘忧，不知老之将至矣。他是用他老师的一句调侃安慰我的，我摸摸头上的白发，好轻啊，几乎了无分量。

颜回在他白发之前就已经出类拔萃了，而我四十余年韬光养晦的履历，却只能以一头白发来与古人平分秋色。不要说比老子比颜回比谪仙比韩愈比东坡先生了，就是比比自己头上的白发也觉汗颜。

千百年来，飞扬跋扈的白发造就了无数风云古今的贤者，也间生着如我一样碌碌无为的凡夫俗子，白发并不是衡量智慧的砝码，它只是计算生理年龄的一种直观方式。“公道世间唯白发，贵人头上不曾饶。”天宝十一年，李白与好友“登岭宴碧霄”，面对苍莽大河之水，悲从中来，“高堂明镜悲白发，朝如青丝暮成雪”，虽胸怀万丈不平之气，也只能借酒以浇块垒。这是衍生白发的又一种解释。历史长河中又有多少郁郁不得志者，诸如李广、冯唐那样“白首不见招”；有多少把一生的青春韶华都枯萎在御花园里的白发宫娥呢？“上阳人，红颜暗老白发新”，她们只能借着月光在冷宫的房檐下闲坐说玄宗了；又有多少被当政者桎梏在异域他乡的皓发苏武、老叟张骞呢？他们也只能慨叹一声“臣不敢望酒泉郡，但愿能入玉门关”了……如此茂盛而茁壮的白发人，于须臾间淹没在滚滚的历史烟尘里不见了，还有谁去理会颜回二十九岁白了的“少年头”呢？

我当然不去与颜回作类比，我有我的自知之明。何况我也有我的修饰方法，白发可以染作黑发，黑发可以变成黄发，不管它是“江山一笼统，井口黑窟窿”还是“黄狗身上白，白狗身上肿”。反正当今社会，染发已经成为一种时尚，至于染来染去对头皮对发质有没有影响就另当别论了。掩饰瑕疵是当代人的通病，不像古人那样洒脱自然，说一是一，说二是二，美就是美，丑就是丑，直抒胸臆。头发白了，怕后人不知道，还要写进诗里，写进典籍里。前贤的洒脱不羁和对瑕疵的满不在乎反成了我们看轻古人的笑柄，颜回宁愿师从孔子而不愿入仕的做法，导致其英年早逝，家人连棺椁都买不起，最后是东家筹，西家借才草草下葬的，颜回的尊师孔子事后却说：“才不才，亦各言其子也。”不知圣人的辩驳是虚伪呢，抑或是高尚呢？我们没法理解，只好搁过不提。

又但是，白发皤然的古人总在我眼前晃悠，其中一个叫李太白的诗人一边炫耀他的白发多么多么的长，一边艳羡鹿门山的孟夫子，说老兄你“红颜弃轩冕，白首卧松云”，几乎就是人间的神仙了……实在搞不清楚李白是拿一头白发没办法才故意说反话呢，还是果真具备了这样的审美观？反正我是做不到这一点，染发时唯恐遗漏了一丝白。要知道，缺陷可以藏在心里，决不可招摇过市捧给外人去欣赏。反过来说，我们吸取了古人的经验教训，从而学会了把自己包在厚厚的盔甲里，彼此看不透对方的心思，甚至包括身边的另一半，人与人之间扎起一道无形的篱笆，不仅适用于官场，而且适用于友情，就连在家庭生活里也扮演着言不由衷的角色。我们活得都很累，而两千五百年前的颜回先生却精神抖擞，一点儿不累。

颜回把一头白发随意绾个结子箍在脑后，白发苍苍地侍奉在身高九尺六寸，且臂力过人的老师左右，甘愿做一个“仰之弥高，钻之弥坚；瞻之在前，忽焉在后”的谦恭弟子，没有心计，不打哑语，坦坦荡荡行走在鲁、卫、曹、宋、楚国苍茫而坎坷的大地上……如此想来，颜回先生的白头又不大可能是因了心理或生活负担而造就的，他把做学问看作一件乐事，全身心地投入了，在他走过的列国荒原上，到处洒满了智慧的珠玑。

不管是李白吧，不管是孟夫子吧，不管是颜回吧，他们顶上的累累白发里毕竟没有我的一丝半缕。我倒是想拜谒一番颜回故里，虔诚地踯躅在那条飘满竹简清香的陋巷里，然后一箪食，一瓢饮地回味先哲的清淡生活，可是谈何容易哟！

在我比颜回晚白头的十年里，一再庆幸自己依然年轻，依然有大把的光阴可以虚度，每每看见白发老妪或老叟从眼前蹒跚而过，也不去设想总有那么一天自己也会变得那样苍老，那样的光阴屈指可数。我坚信老子在襁褓时应该就是一个不折不扣的怪胎；颜回在二十九岁时一定生过一场大病；李白肯定是饮酒过度；韩愈绝对是为文所伤；苏轼是因丧偶之痛伤及脏腑；而孟浩然则是食多了鹿门山的野味菜肴……他们都有白发早生的理由，而我一样都不沾边儿。

现在好了，我也跻身在白发之列了。耳听得东坡先生唱道“门前流水尚能西，休将白发唱黄鸡”。俗人与圣贤之间毕竟是有差别的，即使一样的白发也有不一样的说道。

沮丧之余，细观慢慢褪色的发丝，忽然发现那些白发质地良好，柔而不缺刚性，白而不乏光泽，这是肾虚血热者所不具备的特性，那么我头上的白发必定是我已经成熟的标志了。好得很，这个结论是可以接受的。

（《我比颜回晚白头》获2012年度福建省作协举办的“逢时杯”海内外散文大赛二等奖）

翠妹

张清明

翠妹是我儿时的玩伴，我们很多年没见了，突然得知她与我住在同一座城里，不由得感慨万千。没过几天我就坐在她家宽敞明亮的客厅里。

翠妹现在已是奶奶了，一个孙子，一个孙女，可翠妹却不显老，还是当年那个皮肤白净、身材高挑、鹅蛋脸的美人，风韵犹存。

尽管翠妹的家里装修得时尚簇新，可是翠妹还是很“老土”，她跟我说话的语气还是当年满口土不拉叽的方言，问我第一句话就是:“以(你)屋的XXX还好噻? 以(你)身体还好啵? 乞了饭没得? ”可就是这些土得掉渣的问候，让我无言以对。

我无法面对的是我的内心，几十年来那些本应该保留的东西，却被浮躁和虚荣所替代，那些原始的语言与说辞，如果以我今天的面目示人，是否感觉难以启齿，更或者无法被人接纳?

可就是这些土不拉叽的语言，却令我感觉如此亲切，一种没有距离的靠近，那一刻，我仿佛时光倒流，又回到我们穿开裆裤的童年。

我比翠妹大一岁，住在一个院子，她母亲为了隔开与三叔的是非纠纷，在院坝中间砌了一堵墙，把我和三叔两家隔绝起来，从此小小的翠妹，在大人们出去挣工分的时候，都是一个人关在家里睡觉。

翠妹从小就是一个很乖的孩子，胆小怕事，性格懦弱，从来不敢一个人到处乱跑。

那一年的春天，天气渐渐暖和起来，翠妹又被关在家里。

另一个院子的孩子来找我玩，我们感觉没有什么好玩的，突然想起翠妹说过，她家的柴楼上有鸡窝，母鸡每天都要爬楼梯上去下蛋。

我们没见过母鸡爬楼梯，好奇心促使我们去敲翠妹家的那扇烂木门，翠妹来开门的时候还说妈妈不让人来她家玩，可还是把门打开让我们一众人进了小院。

她家小院我偶尔来过，四面都是土墙，地坝是用石板漥过的。翠妹带我们到她家歇房门口，她家有两个歇房，一间是翠妹爸妈歇息睡觉的地方，翠妹和他哥哥的歇房在另一个黑暗的角落。

当我们看见歇房里黑黢黢一片，全都犹豫了，尽管感觉很神秘，以前我也到翠妹家玩过，可从来都没有看清楚里面到底有什么。尽管大人们嘴里的金银财宝都是收藏在最神秘的阴暗角落，可我们都不敢进去，这时候只听见柴楼上的母鸡正在“咯咯哒，咯咯哒……”地叫得正欢，翠妹说鸡下蛋了要上楼去捡鸡蛋。我们都伸长脖子望着翠妹爬上了楼梯。

那年我五岁，翠妹四岁，解手还不怎么利索的孩子，农村母亲一律都给孩子穿开裆裤。翠妹比我小一岁当然穿着开裆裤，这一群孩子中有三个比较大的男孩，五六岁的年纪，两个女孩加上我和翠妹一共七个人。当翠妹爬上楼梯，露出了小屁股时，我突然感觉一阵阵的难堪，我真想地下突然裂开一条缝钻进去，那种本能的羞耻感，让我突然明白了，男女有别，我害怕那些男孩盯着翠妹的屁股看，我真的替翠妹难堪起来。幸好当时孩子们的注意力都在翠妹能不能去楼上捡到鸡蛋，或者是捡到几个鸡蛋。

当翠妹那双脏兮兮的小手举着两个鸡蛋下楼梯的时候，孩子们都欣喜若狂，我心里却隐隐地担忧起来，我怕她小小的手拿不住鸡蛋。果然，翠妹下到木梯一半的时候，脚磕绊了一下，一个鸡蛋“噗……”地摔了下来，碎在地上的乱草里，想捡都捡不起来。

孩子们见鸡蛋已摔烂，还落得翠妹可能挨打的结局，当下作鸟兽散。

那次我们虽然没有看到母鸡怎么上楼梯，却看见了翠妹上楼梯时露出的屁股，但那个秘密大家都没有在意，也不会到处乱说，因为那是童年时代大家都经历过的秘密。

那次翠妹妈妈回家并没有打翠妹，或许翠妹妈妈根本就不知道母鸡下了几个蛋，或许翠妹什么都不敢说，才逃过一顿打。那个摔烂的鸡蛋的秘密就像我们穿开裆裤露出屁股的秘密一样，谁都没有张扬。

时隔多年翠妹已经出落成一个亭亭玉立的美人，可是媒人却把她许配给一户连水都不够喝的地方。贪财的翠妹妈妈收了人家两千元彩礼，翠妹要求退还，她妈妈却不肯，翠妹后来在别人的介绍下与人私奔了。

那时候我已在城里当了临时工，翠妹来找我的时候，我都不知道发生了什么事，但我隐约感觉翠妹做了此生最大的选择，翠妹那次是来跟我告别的。

这个秘密我们保持了很久，直到后来翠妹回娘家与母亲和好后才公开。

世事沧桑，岁月流转，转眼已经过去几十年，多少人早已不是穿开裆裤的孩子那样单纯。在这个欲望横流的社会环境里，人们在利益的驱使下用尽各种手段，尔虞我诈。当我听见翠妹的那一声声最原始的乡土问候时，我才突然发现，翠妹还是那么单纯和善良。

那一声声乡土的问候，足以证明一个人保留着自己的本真，更有一种潜藏的祝愿：只要你还过得好，就是我最大的心愿。

乔表叔

张清明

天正下着大雨，满山坡的风雨飘摇着新春的花香。

雨滴偶尔落在嘴里，有些甜润；脚下浑红色的泥水，漂浮着些小的粉红花瓣，这时节正是整治秧田的好时机，所以无论天晴下雨，犁田的人都在忙活着。

农人们趁春雨来临之际，抢在第一时间整秧田，割完麦子后接着抢雨水犁麦田。那是一幅在中国历史上永远都抹不去的水墨画：浓雾缭绕的半山腰上，斜风细雨里，一层层弯弯曲曲的梯田上，一个头戴斗笠、披着蓑衣的老农，手拿一根桑树条，另一只手撑着犁铧，吆喝着前面使劲拉犁的弯角水牛，水牛后腿蹬得老直，雨水从水牛的长脸往下滑，再顺着胡须滴到浑浊的水田里……

其实那幅画面的主角是一个我叫乔表叔的人。乔表叔跟我家不沾亲，只因他弟弟那些年在本大队当副支书，跟我父亲有些交情。每一次父亲回家几乎都喊大队的几个领导来我家吃饭，意在托付他们看在薄面上照顾我们娘儿几个。母亲却不乐意了，因为托也是白托，农活忙的时候大家各忙各的，谁能顾得上谁？父亲每次回家上街割肉花费了钱不说，还耽误母亲的功夫为他们煮饭，母亲认为父亲总是在为难她，活儿还是自个慢慢干，别提多闹心了。

只是每年春天犁秧田都必须请人。乔表叔养了一头水牛，给人犁一天田收一天的工钱，所以，每年母亲都喊他来我家犁田，我负责割牛草，母亲负责煮饭和经管犁田所需的用具。

乔表叔的那头水牛很夯力，加上他人老实，干活认真，犁田的时候就不需要我们操心。那头水牛是表叔的全部家当，表叔从来不把牛当牲口，那头牛是他相依为命的伙伴，他知道牛喜欢吃啥，不喜欢吃啥，知道它啥时候累了，渴了，那头牛跟表叔几乎形影不离。犁田时，乔表叔手里虽然拿根鞭子，可从来舍不得抽它。乔表叔身高体壮，是干农活的能手，有时候搭田坎的活他也帮母亲干了，母亲想多给他些工钱他却不要，说是乡里乡亲的，举手之劳，就不要算得那样细。

乔表叔没有成过家，穷苦年月的农村男人，错过机会一不小心就成了光棍。我很奇怪，这么个相貌堂堂又勤勤恳恳的男人咋没娶到个媳妇？不知道是谁兴的规矩，那时候，农村女孩都在十八九岁早早嫁人了，如果哪家的男儿在三十岁之前还没结婚，或是没找到合适的对象，极容易单身一辈子。这也是时代的悲剧。也许还有一个最大的原因，是地势条件的问题，因为表叔家住在比我们更高的山坡上，吃水成问题。田少土地远，种地爬高坡，人家女方来相亲，一看地势就跑了。

离开故乡有些年月，回家总要经过表叔家门前，有几次都没看见他，一打听，原来他去别的地方当上门女婿了。后来又听说他回家了，原因是跟人家子女合不来。

年前回老家给母亲立碑，正忙活着，远远看见一个白发老者走过来，仔细一看原来是表叔。昔日的风采早已不见，身高体壮的乔表叔早已皓发鹤颜，但我看见他分外亲切，总想起那些年他给我家犁田的那幅画面。我喊他几声，他看了半天才想起我是谁，热情地向我跑过来。我生怕他跌着，急忙扶住，一问，才知道他已经快八十岁了，直感叹岁月不饶人，表叔说：他身体没啥毛病，这不正想赶集去。

我把带来的面包、牛奶悉数给他，要他带回去慢慢吃，他连声说着谢谢，我惭愧不已，该说谢谢的人应该是我。最后从包里掏出两张纸币塞给他，说多年不见，好不容易见着，一点心意叫他务必收下，他没有再推辞。

我想，这次见面不一定以后还能见着，记忆中的那些人，那些苦难与美好，都将随着岁月的流转，慢慢随风而逝。

最后的花开

张清明

深秋的枫叶还没红，就被凌厉的寒风拽下来，叶儿旋着最美的舞姿，翩跹起舞，摇摇摆摆。

我的心像被什么揪了一把，突然忧伤起来，有什么事要发生吗？不是。哦，是我忘了不该忘记的人。

算算日子，才发现又一个你的生日已经过去，九月，已是闰年的第二个九月了。我知道这是你再一次跟我告别，不由得放慢脚步，空气中弥漫着你的气息，有你辛劳后熟悉的汗味，有你炒菜时的葱油味，更多的是你碗里的玉米糊味，还有飘香的鲊猪肠稀饭味……

我知道再也吃不到你做的那些菜了，因为你早已不在，不在我身边，不在这个甚嚣尘上而人情味渐渐淡泊的世界。

没有你的日子里，我就是一个流落尘世的孤儿，一个乞讨的乞丐；没有你的日子里，我失去了方向，两眼一片迷茫。

有你的日子里，我们的命运掌握在自己手里；有你的日子，我们共同面对一切困难，不管风雨多狂暴，你就是我心里那根擎天柱，上接苍天，下连厚土，你为儿女撑起了一片天地。

那一年的清明，你就离开了我。其实，我不知你到底离开了多少年，我是个从不记年月的女儿。也许，你很想我记住你的，才选了一个我名字的日子。那一年，我们把你送上山后，家人再为我过生日，那个生日过得特别忧伤。我知道这不是巧合，是你故意的，谁叫我是一个忘事的女儿呢！

有时候觉得愧对女儿这个名称，作为你的女儿，时常记不得在某个节日里为你烧一点纸钱；作为女儿的我，总是忘记你来这个世界是在哪一年；作为女儿的我记不起你的生日，渐渐地也记不起你年轻时候的模样。我更加担心的是，不知在哪一天我也会忘记你离开时的样子。

年轻时候的你，是不是也像今天的女子那样，像一朵花盛开着！

但我知道，你曾经是最艳丽的花朵。在火红的岁月里，你就是那朵开得最火红、最顽强的钢铁之花。

听外婆讲过，你是个放羊的孩子。我想象着那个牵着两头母羊的女孩，手里拿着一根树枝，母羊抵着一对弯弯的角，羊却不愿前行，你急得不知如何是好……

大炼钢铁的时候，你进钢铁厂时是多么的意气风发、英姿飒爽。也许，那时候的你还真是一朵含苞待放的花呢！

我想象着你出嫁时的样子，是不是穿着花洋布衫，红着一张苹果脸，羞赧得抬不起头来……

在你一生最重要的日子，你的母亲却不在身边，还为了逃生迫不得已离开了你。你就孤单单的一个人出嫁了，这以后也成了你埋怨外婆的依据。

我想象着，婚后的你生了我之后，在重男轻女的时代里，你遭受奶奶的白眼，被她每天无休止地咒骂。我突然记起你把我丢在山坡上，那是因为天快黑了，你要赶着把猪草背回家，让我在山坡上等等你。你把猪草背回家后果然来接我了，我却哭个不停，我宁愿被你打，也不愿意你扔下我……

长大一些后，我才知道你是最善良的人，无论对谁，有求必应。记得当年一个路人跟你打招呼，他叫你一声长辈，你正端碗吃饭，然后你就拉他进屋，我在旁边扯扯你的衣袖，表示极不情愿，你却不管不顾，硬是让那个人吃光了你蒸得香喷喷的一大碗盐菜肉。

可是，你忘了“人善被人欺，马善被人骑”的道理。那个人是生产队的副队长，他吃完饭后说声谢谢就走了，我觉得他是惺惺作态地道谢。果不其然，第二天你被举报有资产阶级作风，弄你去“学习班”改造思想。家里的鸡鸭牲口无人喂食，弟弟妹妹饿得直哭，整个三天学习下来，你也瘦了一大圈……

后来的岁月里，日子渐渐变得好起来，父亲却先你而去。你独自打发着孤独寂寥的岁月，儿女们各忙各的，我们隔三岔五打一个电话，表达着相互之间的想念和牵挂。你时刻准备着我们到来，偶尔节日短暂的相聚，你都要弄满满一桌喷香的饭菜。

你的身材慢慢臃肿起来，稍好看一点儿的冬衣都不合你心意，你说人老了，只讲温度不能要风度了……

你喜欢扎鞋垫，说再给我们每人扎两双，然后就不扎了，我不明白那话的含义。每次见你穿针引线时，拿得很近很近，我说看不见就别扎了，你偏不听。你知道我们每个人的鞋码，在家打浆糊，剪鞋样，做了一大堆鞋垫，又四处找花样照着一针一线地扎。我想，这足够让你打发漫长无聊的时光了。

你说不想管我们的事了，各过各的日子，你顾不过来，你老了，你说自己的事自己看着办。我却不知道那些话是你离开我们的前兆，还以为你不再爱我了。

我想故意疏远你，寻找另外的温暖，朋友逐渐增多，在你病重的日子里，为了朋友没有照顾到你。你嫉妒，也感到失落，就像当初你丢我在山坡上一样。我哪知道，这失落将变成我永恒的遗憾！

永远记得，脸色蜡黄的你，手捧扎好的鞋垫，气喘吁吁地跑下楼来跟我告别，我已经看出你病情的端倪，心不断地下沉，再下沉……你已经为五个儿女兼儿媳、女婿每人扎了两双漂亮的鞋垫，要知道，你的视力是多么不好啊！

那是怎样的鞋垫啊！繁花满枝头，喜鹊闹梅梢，寓意喜上眉梢……你是真心希望子女们个个幸福快乐，家庭和睦温馨呀！

至今，那些珍贵的鞋垫我都不忍拿出来垫在脚下，我知道那是你的心血呀！多少叮咛，多少无声的话别，你将对儿女们的数不尽的依恋一针一线地扎进鞋垫中，它们将陪伴我走完人世艰难而又寂寥的岁月。

一直不爱美的你，内心却开着最艳丽的花朵，原来，这是你最后的花开啊！

赶场

张清明

一

在信息还不发达的20世纪，场镇是人们与外界的信息联络处，场镇也是男女相亲最初的媒介所，场镇更是土特产乃至一切商品的交易所。

人们离不开场镇，千方百计地撵场。在山区还没有通公路的年月，人们翻山越岭、背包挑担，就是为了赶场。人们千方百计地将家向场镇靠拢，就为了离场镇近一点儿。

我的家乡在长江沿岸的山区，长江是一条水上运输纽带，而场镇就是播撒在长江两岸的一颗颗明珠，给贫困时期人们的生活增添一抹生活的亮色。许多场镇沿河而建，沿河而建的场镇是连接水陆的交通要道。但乡下的场镇大多数都在山里，不通公路。

老家的场镇设在一座山顶的垭口，因住这里的多数人姓魏，所以命名为魏家场。整体建筑是从清末民初渐渐形成规模的。它给我的印象就是：三四棱腰墙石上，有几圈转板墙抑或丈八高的土砖墙。讲究一些的人家，在墙上糊了一层白石灰；不讲究的是泥土本色。屋顶几乎都是清一色的青瓦盖顶，条件好一些的人家，屋内还有一层木板楼。

一条青石板街，从入口弯弯拐拐地贯穿到场镇的另一头。一头是卖农具竹篾的场地，有竹背篓、竹箩筐、竹椅、竹筲箕等等；有农人的木工艺制品，木椅子、木桌子、木板凳、木菜板等等；有远处来的土陶制品，盆、钵、碗、碟等等；有本地的农副产品和小吃，有卖草药的、卖瓜果蔬菜的等等。另一头是牲畜的交易场，卖猪、牛、羊、鸡、鸭……

正街是一家挨一家的商铺，有卖衣服的、卖酒的、行医的、卖录音机的、开小食店的，还有生意特别好的肉铺子。当然，更有每一个场镇都少不了的国营商店——供销社。

供销社，以前也叫合作社，经营范围很广，大到有化肥、农药、锅碗瓢盆、棉被布服、铁杵、锄头等生活必需品；小到有糖果、饼干、火柴、针头线脑等零碎物件。

包产到户前后，生活在山区的农人有几忙：春播、春收、夏收、秋收、冬种、砍柴。可除了这几忙，农人还有一忙，那就是忙赶场。

赶场，北方人也叫赶集。当时，由于山区交通不便，商品流通也不通畅，农民们赶场要跑很远的山路，每间隔三四十里地才有一个场镇。根据此情况，在20世纪90年代初，还专门增设了一些场镇，以方便沿海进来的商品以及内地农副产品的交易畅通。

没有电灯的年月里，山里人是离不了煤油的。没盐了、没灯油了，就把平时积攒下的鸡蛋拿去卖了就能买回油盐来；想买新衣服了，恰逢春天的栽种时节，把房前屋后留着的蕉芋种挖起来，挑两筐上街卖了就可以买件衣服。年猪杀了需要替槽猪儿了，也要赶场去猪市坝买小猪……

总之，农人是在急需日常生活用品时才赶场的，平时都各自忙活在承包地里。

农村赶场日有三六九、二五八、一四七之分，老家那里就是每逢三六九赶场。赶场天须是晴日，雨天一般是不赶场的，除非要买很急需的用品。

天气晴好，地里的农活不当紧了，苞谷苗的肥已经施过，秧子已经栽上坎了，这时候就可以优哉游哉地去赶场了。

一大早起来收拾整齐，等着几个伙伴一起出发，都是一个院子里或一个生产队的人，头天都约好了。这时，你带一口袋鸡蛋，小心翼翼地提着；我背几十斤米，步履蹒跚地爬行着；他提着几只鸡鸭或挑一担红薯种，急忙忙走在山道上。关系好的还会在半路上轮换着背挑，一路走还一路扯些闲话，不一会儿就快到场口了。

要到场口的时候，自然会有那些收鸡蛋、收鸡鸭的贩子们，讲好价钱，再过秤。俗话说，无商不奸，那些鸡鸭贩子都是久经沙场的人，缺斤短两是常有的事。那秤是经过特殊处理的，正常秤十两一斤，而鸡鸭贩子的秤至少得十二两才算一斤，鸡鸭刚挂上秤钩，秤杆翘得老高，贩子们手脚麻利，不待卖主看清点数就迅速取下鸡鸭，从他们嘴里报出的数字自然就短了些许斤两。卖主很老实，也很无奈，让贩子给钱走人。鸡蛋通常按个数算钱，若是鸡蛋个儿太小，贩子又会少给些价钱，几分、一毛不等，卖主想早早卖掉，也只好接钱走人。

大米和蕉芋种要上场才能卖掉，几个赶场人就四下分散开来。需要买盐、买煤油、买衣服的都往街上走。

一路逛着街，耳朵里听着摊子上录音机传出的歌声，那歌声随风飘荡，让人心也跟着荡起来，麻酥酥的。“甜蜜蜜，你笑得甜蜜蜜，好像花儿开在春风里，哦，我一时想不起……”一路打望身边哪个姑娘长得好看，哪个小伙儿长得帅。大家推推搡搡，东看看，西望望，一会儿看看左边摊上的毛线，一会儿挑挑右边摊上的袜子，一会儿试试服装店里的衬衣，一会儿穿穿鞋摊上的胶鞋……这在商家看来，他们就是“盘摊”来的，所以面露不屑。但这都归结于兜里的钱实在有限，只好去供销社里买了盐巴，打了半瓶煤油，转身回到大街来，闻着食店里飘出来的盐菜扣肉味，直咽口水。

二

从早上六点起，就已经有人摆好摊位了，各种货物，一望便知，一切准备就绪，只恭候赶场人的到来。

开始几个、十几个赶场的人在街上穿梭往来，挑担的前后各抓着箩筐，一路喊着："看到起，盯到来，扁担夺背脊，箩筐挂衣服哦……"

大人牵着小孩，一路看一路品评货物的好坏；小伙儿跟几个年轻姑娘有说有笑地挤在人群里，左右观望；男人带着媳妇商量着要给儿子买件衬衫；老头、老太婆也来逛逛街景，发现货物越来越齐备、越来越好看……渐渐地，太阳已经当头照，男的、女的、老的、少的、高的、矮的、胖的、瘦的，都走上了街道。烟味、汗味、狐臭味、脚臭味直钻鼻孔，让人不由得捏紧了鼻子急急忙忙往前窜。

挑担的、抬货的一看这架势，很自然地从场的背后绕过去，不敢轻易上街来。人们的脚步越来越密，越来越缓慢，成百上千只脚不停在走动。从一早踢踢踏踏的脚步声，距离远点，已经渐渐分不清是脚步声还是说话声，单个的声音早已淹没在一片嘈杂里，原来还听得清有人高声喊："跟紧点！"后来却变成一片模糊不清的嘈杂。赶场的人越来越多、越来越挤，人们像潮水般地挤过来再挤过去。挤不动时，必定有人在做他们的"业务"了，那就是扒手最好的下手时机。

等挤过去了，站在宽处一望，满街人头耸动，挤出来的人，有的喊把草帽搞丢了，有的喊鞋子踩坏了，有大人在找挤掉的小孩，有奶奶喊着孙女的名字，有父亲在找儿子，有儿子在找母亲……吵嚷得不可开交。

特别是那个手拿叶子烟杆的老头，下身着一条"一二三"坛子口的棉布裤，用一条绳子紧紧系着消瘦的腰身，裤腰带上系着一个"猪腰子"荷包。往往那"猪腰子"荷包里，还有一张手帕，手帕里有几张卷了又卷的纸币，十元、五元、一元、两角、五分不等。那是他一年到头舍不得吃、舍不得穿，积攒下的全部家当。

待老头挤到一处靠墙的角落坐下，把叶子烟裹了再裹，豁牙的瘪嘴吧嗒几口，再吐出一口烟圈，这才长长地出了一口气，方才想起钱包的位置，一摸，大惊失色，"猪腰子"荷包不见了！以为是带子松掉了，急忙看地上，没有！转过身去看背后，还是没有！突然醒悟过来，这是遭扒手摸了！当即捶胸顿足，骂道："嗬呀，啷个得了哇？我的钱啦！"使劲回想起拥挤的时候，谁离自己最近，哪个陌生人撞了自己一下。心中又暗叹，谁叫自己当时不注意呢？

年轻人遭扒手摸了，只是脸红筋胀地骂几句，哑巴吃黄连，有口难言。年老的可就一屁股坐地上哭天抹泪了，一顿指天骂地的诅咒，但也无济于事。关键是扒手脸上没刻字，谁也不知道是谁扒走了他的钱。大家面面相觑，庆幸自己的钱包还在，不由得伸进裤兜里把钱捏得紧紧的。

望着街上拥挤的人群，许多人却站得远远地看热闹。往往那些大叔大妈，他们赶场不止是为了买卖针头线脑、油盐柴米，更多的是为了碰见熟人、亲戚和朋友。

儿女都成人了，亲戚带信来说，他队里某某人家的儿子不错，年龄与自己女儿相仿，如果大人有意，可以乘着赶场的机会带着女儿看看那小子，如果中意，再决定上家里正式"采访"。人多很拥挤，大妈还没看见亲戚，正在跟旁边人闲谈，突然听见有人喊自己，顺着声音看过去，亲戚到了，指着远处几个小伙儿说，高个子男孩就是他说的那小子，是个砖工，现在在外面给人砌房子。大妈心中暗喜，小九九盘算着今后要如何如何。接着悄悄跟亲戚说，自家女儿也赶场来了，那个头扎马尾，身穿粉红衬衫，脚蹬白色运动鞋的漂亮姑娘就是。亲戚一看就知有戏。就这样，大人牵线，隔天小伙儿就上门“采访”来了……

一门亲事就在赶场天酝酿好了。

男人们站在街边，一边抽着呛人的“大前门”，一边说着田头地里种了什么，哪些是经济作物，指望今年价钱好，哪些作物今年长势特别好，哪些作物长苗子不抽穗，浪费了肥料。耕牛越来越没人养了，指望出点经济作物，来年买台机器耕田，减轻劳累，减轻负担……

待人潮稍退，街道上有所松动，赶场的人才从街的另一头转回来，再看看一起来的伙伴们，早已不见了踪影。

三

赶场天生意最好的要数肉摊。自从改革开放起，不再凭票供应食品，农民养猪的积极性特别高涨，家家户户每年都会养出几条肥猪来，留一条过年猪，其余全部杀了在场镇上卖。这么一年下来，地里的肥料钱，人情往来的随礼钱都齐备了。那些年，很多人家靠养猪还略有积蓄。

屠户，我们那地方叫杀猪匠。每逢赶场日子，天不亮就去帮人杀猪，把猪破边分成左右两大块，一块硬边，一块软边，俩人各背一块上街，放肉摊摆着。拿出用粽叶搓成的环子，与割肉刀、砍骨刀摆放在一旁，恭候买肉的人到来。

赶场的人陆续多了起来，买肉的人来到摊前，指着软边的猪肉，“师傅，来两斤宝肋。”杀猪匠拿刀在布满油腻的围腰上抹了抹，扯过猪肉，顺着猪肋连皮带肉砍下两根肋骨，一过秤，两斤半了。买主说多了点，杀猪匠面露难色，赔着笑脸，眼睛眯得只剩一条缝：“你老人家还在乎多二两？一大家人还不够塞牙缝的。”

买肉的也不再说啥，在裤兜里摸出一叠钱来，数清了圆角分，递过去，接过钱的杀猪匠，提刀剁在肉皮上，刚好剁出一个三角口子，拿一个竹叶带子穿过一半，将竹叶带子两头一系，手指头一勾，提起递给买肉的，那人提过肉，转身走人。往往一条猪是软边先卖完。农民们都知道，软边少一些脊骨。

一位老大爷来了，望着杀猪匠：“给我来半斤猪肝噻。”“好嘞。”杀猪匠一刀儿割下挂在竹竿上的半牙肝来，一称刚好半斤，老大爷赞赏地伸出大拇指：“神手！”杀猪匠不觉得脸红了：“老辈子过奖了。”

越来越多的人来称肉，大家都是要买前腿背胛子上的肥肉。那些年农民们都很穷，家里都缺油水，所以一条肥猪最肥的部位也最先卖完。后来者眼看前夹、肋骨部位的肥肉都卖完了，很无奈，只好叫杀猪匠在后腿割了两斤，提回家，还要被老母亲一顿埋怨：“称个肉都称不来，油水都没得，炒菜还巴锅。”

一条猪很快卖完了，有时候还让家里杀一条“赶场猪儿”，以满足赶场天人们对肉食的需求。

四

每个赶场日子里，都有几个“特殊分子”。那是几个七老八十的老头，人家赶场都是急急忙忙买卖完东西回家转，而他们赶场从来不着急，他们是来享受的。

那些年，人们的生活不像现在天天有肉吃，一个月难得打一回牙祭，肚里天天都是玉米面糊、红薯、洋芋。清汤寡水的日子，家里的老人怎受得了？那几个老头年轻时都是手艺人，篾匠或木匠，再不济也是在街上卖竹刷把、卖鸡毛掸子的老生意客。屋里的后人懒得管他们，家里穷，不能时常孝敬老人。老头上街自谋一口吃食，后人哪敢说啥？

几个老头也不求生意多好，一个赶场天卖够当天的酒饭钱就很知足。待人潮渐渐退去，街面上只剩下稀稀落落的几个人走来走去，眼看快散场了，老头才背着一背篓竹刷把，手里拿着一捆鸡毛掸子慢吞吞地踱到食店门口。

食店是原来的国营饭店，因为长期经营不善，后来干脆卖给一个员工，所以食店也变成私营的了。为了更好地经营这个食店，老板还专门去拜师学了厨艺，蒸、炒、焖、炖，样样俱全。

老板娘白生生的一张圆脸，浑圆的屁股，走起路来身上的肉都一颤一颤的，见来人是常来光顾的熟客，急忙赔着笑脸，手在围腰上揩揩水，急忙拿张抹布抹着桌子板凳，“进来坐，进来坐，老人家今天生意还好噻？”

老头进屋，放下背篓，把鸡毛掸子搁在背篓上，淡淡地回："是这样的。"拖过板凳坐在桌子旁。老板娘风车似的一个转身，手提茶壶来到桌前，边倒茶边问："老辈子，今天想吃点啥？还是老规矩吗？"老头连连说："老规矩，老规矩！要软和点的哈。"然后老板娘敞开喉咙对着厨房喊："李老辈子，老规矩！扣碗要软和点的。"

所谓老规矩就是，二两高粱老白干，一个粉蒸肉扣碗，一碗大骨萝卜汤，再加一碗米饭。老头猛喝了一口茶，润润喉咙，老板娘已经打了二两高粱酒端来，一脸挂二胡的老板笑眯着眼，端来了粉蒸肉扣碗，回转身再端来一大碗萝卜汤。

肉香随着冉冉上升冒出来的热气，径直往鼻孔里钻，肚子里的馋虫直往上爬，咽了一口口水，伸手从筷筒抽出筷子来，夹了一块连皮带米粉的肉放进嘴里，豁牙的嘴慢慢咀嚼着，仿佛时光在咀嚼着整个人生。

就着几口萝卜汤夹了几块粉蒸肉垫垫肚皮后，老头端起酒杯呷了一口高粱老白干，神色就渐渐晕乎起来。话匣子也慢慢打开了，不论旁边坐着的是谁，都把那些陈谷子烂芝麻的事，交流得滚瓜烂熟，东长西短。

最有意思的是，卖竹器活的、卖木器活的、卖竹刷把的几个老头全都到了食店里，凑在一张桌子上，呡几口老白干下肚，咀嚼着花生米，东一句西一句地畅谈起来。

一个说现在的生意比以前好做多了，一个说不见得，因为很多家庭已经不需要竹刷把了，取而代之的是清洁球了；或者是说买木板凳的很少了，大家都喜欢外地进来的塑料凳子。

一个老头说，时代在变嘛，我们都老了，现在，我们一般大的人都看不见几个了，昨天张家院子的老幺悄悄地走了，今天晚上回去还要为他坐夜。

另一个老头说，我们赶场的这条街都快上百年了，从他记事的时候起，这条街都兴起了好多年。那时候，这里是一条非走不可的官道，位置刚刚在垭口，所以民国时期，这里出了不少“棒老二”。曾经一顶花轿打这里经过，新娘子却被抢走，成了棒老二的婆娘。唉，可惜了！那么乖的媳妇。

酒慢慢喝着，闲话慢慢扯着，正午的阳光明晃晃地照得人睁不开眼，街上已经看不见几个人影，农人活多嘛，人人都急急忙忙往家赶呢！瞌睡虫肆无忌惮地爬上眉梢盖住眼，困得都快睁不开了，待二两酒下肚，人也只差趴桌子上见周公了，但还是强撑着站起身来，家里还有一大堆活等着呢！不能光让儿子、媳妇、老伴在家里忙，回家多一双手，也多一分帮衬，然后背上背篓，抱着鸡毛掸子，顶着烈日出了大门，歪歪倒倒地回家去……

五

生意各做各。一个场镇就像一个万花筒，样样俱全，除了具备上述各种商品和买卖，场镇上还有最原始的一种买卖，那就是打铁。

一个场镇最多不过两个铁匠铺，分别在场镇的两头，一个在东，一个必定在西，一个在南，另一个必定在北。

脚步匆匆的赶场人，买卖完东西便急急忙忙地回家。脚步缓慢的人，多是赶场来玩的，或者是手提两把烂锄头，让铁匠重新给他“回火”来了。“回火”可是很费功夫的事，农民自古有“张打铁，李打铁，打坨毛铁叫我歇，赶场打铁一天到黑”的说法，意思是修理锄头需要很长时间。把烂锄头放火炉里烧得快要融化的样子，然后夹出来在砧子上反复锤打，一次不行两次，两次不行三次，直到裂口黏合在一起。就这样，几把锄头在天黑之前才能打好。

山区的所有农用铁器，原来都出自场镇上的那些铁匠铺子。只是后来，随着打工大潮的兴起，种地的农民越来越少，外出务工的人越来越多，铁匠铺的生意越来越难以维系一家人的生活。慢慢地他们就拆去炉灶，收了砧子，后来干脆拆了棚子，炉火再也没有燃起过。但是，大家的生活由于另有源头，多数人家的儿女们都外出打工了，日子也渐渐地红火起来。

老场已经很老了，原有的木楼梯被腐蚀得像爷爷跛了的脚；品字形的花窗都烂了，被人拆下，就像奶奶的嘴豁了牙，黑洞洞的；偏屋的茅草棚，被风吹得乱了，就像妈妈花白的头发……

场上的人大部分都走了，像长大的儿女，一个个陆陆续续离开家，走遍天涯，四海为家。如今的老场已经废置在一旁，无人问津了。

六

新场镇就建在老场旁边，除了不能走的老弱病残，大多数人都是新农村建设时迁徙来的住户。有的是熟人，有的是山上下来的，有的是为了做生意的沾亲带故的人！他们组成了现在的新场镇。

场镇新了，赶场的人却少了。如今赶场的人，只是到场上随便转转，再也见不到曾经那种热火朝天、人潮汹涌的热闹场面了。那种场面就像黑白电视机上闪烁不定的影子，抖动着、抖动着，抖过了岁月，抖过了艰辛，同时也抖落了苦难。

大多数年轻人都不在家，外出打工的时候，谈恋爱交朋友都在外地，一些人索性把家也安在了外地。山上的人下来了，山下的人却走了，只留下一些年老的人守着那个家，守着场上的摊位。回来的打工仔挣了钱，在城里买了房，也不回场上住了。场镇就此渐渐冷清下来，沉淀属于自己的岁月，静默以往的喧嚣。

民办学校的向老师已经退休了，拿着几千块退休工资快乐无忧，在每一个赶场天都上街来观望。买不买东西无所谓，反正有的是时间，不再需要边上课还一边记挂着地里的庄稼，碰见熟人就有说不完的话，一聊就是大半天。住在场上的大多数老人，都买了社保，每月有基本的生活保障。山上的地几乎都不种了，用于退耕还林，保持水土不流失。家家要种就种点近处的肥沃土地，种点蔬菜瓜果，以方便自己食用。因为，土地不再是维系生活的唯一来源。

一切都在改变，一切都在朝前走，街上已经看不见几个老面孔了。这一拨去了，新的一拨又到来，一年四季不停地更换，年年岁岁，岁岁年年，新旧更替。变了！从听广播到听收音机，从听收音机到双卡录音机、影碟机；从看黑白电视机到彩色电视机；从煤油灯到电灯；从传呼机到大哥大，从大哥大到智能手机；从翻山越岭去银行取钱到微信扫描支付；从一个月收到来信，到网上即时聊天……一切都变了，变得太快了！变得老大爷会玩微信，变得老奶奶会视频对话……是的，一切都变了！可唯独不变的还是满嘴的乡音，是骨子里流淌的血脉，是眼中流露出的善意，是相见甚欢的亲情。从温饱到小康，无所谓钱多钱少，够用就好；心态变了，知足常乐，才是老百姓的安身立命之本。

从一个场镇窥视百年的世事沧桑，从一个场镇窥视普通老百姓的生活变化，从一个场镇窥视整个中国，犹如巨龙正腾起滔滔巨浪，我们的祖国正走向富裕安康！

在天边

風中岁月